おひとりさま日和

大崎梢　岸本葉子　坂井希久子
咲沢くれは　新津きよみ
松村比呂美

JN047589

双葉文庫

目次

リクと
暮らせば

大崎梢

OHSAKI
KOZUE

東京都生まれ。元書店員。
2006年『配達あかずきん』でデビュー。
『サイン会はいかが?』『平台がおまちかね』など
書店や出版社を舞台にしたシリーズを多数描く。
他の著作に『クローバー・レイン』
『忘れ物が届きます』『本バスめぐりん。』
『ドアを開けたら』『バスクル新宿』
『さよなら願いごと』など。
近著に『27000冊ガーデン』がある。

なんて恐ろしい。電話口で照子《てるこ》は声を震わせた。

「聞いてるだけで背筋が寒くなるわ。恐くて今、庭が見られない」

「でしょう。私なんか昨日は雨戸を開けられなかった。いつまでもってわけにもいかないから今日は開けたんだけど、風が吹いて庭の葉っぱが揺れるたびにぞっとするの」

電話の相手は女子校時代の友だち、上野《うえの》順子《じゅんこ》だ。結婚して姓が変わり今は町田《まちだ》に住んでいる。互いに八十四歳になり、どちらも一軒家にひとり暮らし。その順子の家に、つい一昨日、不審者が現れたという。

時間は夕方の四時過ぎだそうだ。十月の今はまだ日暮れ前だけど、一昨日は小雨がちの曇天ですでに薄暗かった。二階で片付け物をしていた順子が、一階のリビングルームに降りてくると庭先で何かが動いた。カーテン越しに人影だと気付き、ぎょっとする。住まいは住宅街の一角にあり、敷地はブロック塀にぐるりと囲まれている。無断で庭に入り込むような知り合いはおらず、近所の人ともそんな付き合いはしていない。ふらりと立ち寄るような身内もいない。

リビングの入り口で固まっていると、人影は居間の掃き出し窓に近づき、ガラス戸を動かそうとした。鍵が閉まっていたのでびくともしないが、それとは別に台所の方から物音が聞こえ、勝手口のドアノブを回す音がした。

不審者は複数いて、家の中に入ろうとしている。勝手口のドアにも鍵がかけられていたが、どこかにかけそこなっている場所があるかもしれない。なければ窓ガラスを割ってでも入ってくるかもしれない。恐ろしさに震えながらも順子は機転を利かせ、スマホを手に風呂場に向かった。内側から鍵を閉めて警察に通報し、近所の人にも電話する。そこのご主人がゴルフクラブを手に様子を見に来る頃、パトカーがサイレンを鳴らして近づいてきた。

不審者はその音に気付いたのか、速《すみ》やかに退散したようだ。順子は無事に救出され、被害の類いはなかった。けれど家の周りに足跡が発見され、複数人が敷地内をうろついたのはまちがいない。

「脅すつもりはないんだけど、照ちゃんもひとり暮らしでしょ。気をつけてね。誰かと一緒に住むのが一番の安全なんだろうけど。こればっかりはね。私もよ。お互いしっかりして、また次に笑顔で会えるよう頑張ろうね」

励まされる形で電話は切れた。照子は受話器を置いたあともしばらく動けなかった。おそるおそる庭に目を向ければ、そこに誰かがいるような気がしてならない。これまでも物騒なニュースを見聞きするたびに不安に苛《さいな》まれていたが、親しい友だちが遭遇したとなると、明日は我が身と思ってしまう。どこかに逃げ出したい衝動に駆られるが、そのどこかに心当たりはなかった。

照子は二十二歳で四つ年上の副島永一《そえじまえいいち》と結婚し、当初は大田《おおた》区内にある賃貸住宅に住んでいたが、夫の両親が郷里の静岡に帰ることになり、それまで住んでいた狛江《こまえ》市の家を譲ってくれた。子どもたちが小さいうちは両親の使っていた平屋で暮らしたものの、成長するにつれて狭くなったので二階建てへと建て替えた。それが今の住まいだ。かれこれ四十年前になる。

その後、次男の貴宏《たかひろ》は食品会社に就職し、長野県にある研究施設で働いて、今では五十代も後半だ。息子がふたりいる。

末っ子の裕美子《ゆみこ》は、大学時代の同級生と結婚して千葉県に住んでいる。十五年前に夫が会社を辞めてパン屋さん、今風に言えばベーカリーショップを開いた。やっていけるのかしらと案じたが、なんとか存続している。こちらには娘がひとりいて二年前に結婚。今はお腹に赤ちゃんがいる。初めてのひ孫になる予定だ。

そして一番上の子、長男の光昭《みつあき》は、千葉よりも長野よりも遥か遠く、日本を飛び出し時差が七時間もあるイタリアに住んでいる。子どもの頃から絵が好きで、長じて美大に入り、卒業後は就職もせずアルバイトで稼いではそこかしこをほっつき歩いていた。三十代ではフランスのプロバンスにいたはずだが、いつの間にかイタリアの工房で陶器に絵付けをする人になっていた。

一度だけ、夫と訪ねたことがある。夫は七年前に亡くなったが、それより五年ほど前になるだろうか。イタリアの中でもあのとき光昭がいたのはフィレンツェ市内で、歴史的建造物はもちろん、石畳の路地から夕日を映したアルノ川まですべて美しく、二週間に及ぶ滞在は思い出深いものになった。

そんなふうに子どもは三人いたものの、みんな成長して照子のもとから巣立っていった。各自が家庭やら仕事やらを得て、元気で暮らしているのは何よりだ。ごく自然にそう思い、慣れ親しんだ自分の家でのんびり過ごしていたのだが。

ここにきて、事態は一変した。

翌日もさぞかし浮かない顔をしていたのだろう。公民館で開かれているウクレレ教室が終わったあと、お手洗いに行った帰りに若い女性の先生、安東《あんどう》先生から声をかけられた。若いと言っても四十代半ばだ。

「副島さん、今日はなんだか元気がなかったですね」

誰かに聞いてほしかったので、照子は電話の件を話した。

「それは大変でしたね。ご心痛、お察しします。このところ物騒な事件が続いているので、私もひとりで家にいると不安になります。お知り合いが恐い目に遭ったなら、いっそう身近に感じてしまいますね」

「そうなの。うちだって防犯対策はしてるのよ。戸締まりも気をつけている。でも、この頃の事件は窓ガラスを割ってでも侵入して、通報された人が駆けつける前に被害が出てるでしょ。防ぎようがないわ」

「空き巣ではなく、人がいてもおかまいなしですものね」

「友だちの話からすると昼間も油断できないらしい。窓を開けて空気の入れ換えをするのも危険なのかしら」

まさに泣きたい思いだ。庭に面した窓を少し開け、カーテン越しの微風《そよかぜ》や日差しを楽しみながら、音楽を聴いたり雑誌を読んだりするのが至福の時間なのに。

安東先生は労《いたわ》るような眼差《まなざ》しを向けつつ、「そういえば」と呟《つぶや》いた。

「この前、面白い話を聞きましたよ。ああ、面白いなんて言ったら不謹慎ですけれど」

「私が受け持っている別のウクレレ教室で、最近、番犬と暮らし始めた人がいるんです」

「あら、どんな?」

「その方も八十歳を超えてらして、おひとり暮らしです。それで犬を飼うとなったら大ごとですが、あらかじめ訓練された優秀なわんちゃんが、番犬を望む家に貸し出されるんですって」

「番犬?」

意味がわからず眉をひそめた照子に、安東先生は話を続ける。

「そういうサービスを仕事にしている会社があって、いわば、レンタル番犬です。わんちゃんは貸し出された家に住みつつ、朝晩のお散歩などは会社がやってくれます。トリミングやら予防接種といったひとどおりのお世話も。貸し出されている側はお出かけなども自由で、長期間なら会社が預かってくれますし、短い時間ならお留守番ができます」

「よくわからないけど、知らない犬を家の中に入れるの?」

照子が怪訝《けげん》そうな声を出すと、安東先生はよけいなことを言ったと思ったのか、苦笑いを浮かべた。

「きっと特別な例ですね。犬に慣れてない方だといろいろ抵抗もあるでしょうし」

安東先生は話を切り上げ、また来週、元気で来てくださいねと如才《じょさい》なく会釈《えしゃく》した。


公民館からの帰り道、照子の頭の中には走ったり寝転んだりわんわん吠えたりと、いつになく犬の姿が行ったり来たりしていた。

子どもの頃、年の離れた兄が子犬を拾ってきて親にせがんで飼い始めたので、まったく縁がなかったわけではない。あの犬は白っぽかったので雪丸《ゆきまる》と名付けられ、家族みんなに可愛がられていた。

まだ小さかった照子はじゃれつかれるのが苦手で、散歩に付き合うのも渋々だったけれど、十年もすれば雪丸もおとなしくなり、陽だまりの庭先で頭を撫でてやると気持ちよさそうに目を細めていた。そのときの毛並みの感触や匂いは不思議とよく覚えている。

結婚してからは三人の子育てに忙しく、副島家で飼ったのは迷いインコとハムスターくらい。どちらも一代限りだ。

「番犬ねえ」

家に帰ってからも、居間のソファーに腰を下ろしたきり何もする気が起きない。窓が閉まっているので昼間の熱気がこもっている。気のせいか息苦しい。いつまでこんな不自由を強《し》いられるのだろう。小さな庭の手入れも楽しみのひとつだったが、窓を開けっぱなしにして家の内外を行き来するのは危険かもしれない。

戸締まりだけではない。訪問者にも気をつけるよう言われている。もちろんインターフォンで確認しているけれど、お届け物ですと言われて玄関ドアを開けてみたら、本物の配達員ではなかったということもありえるではないか。前にも「高橋《たかはし》」と名乗られ、近所の人だとばかり思って玄関先で話をしていたら、布団の押し売りだったことがある。後日、子どもたちからずいぶん叱られた。

押し売りならまだしも、世の中はさらに物騒になっている。だからと言って、朝から晩まで警戒し続けるなんてほんとうにできるのだろうか。

「うっかりなんて誰にでもあるわよ。そのたびに怒られたり、命の危機にさらされたりしたら身が持たないわ」

口に出して言い、目をつぶる。次男・貴宏のところの上の子、孫の巧巳《たくみ》の姿が脳裏をよぎる。長野の高校を出ると都内の大学に入ったので、空いている二階の部屋に下宿した。途中から大学近くのアパートに移ったが、月に何度かは照子の手料理を食べに来てくれた。気が優しくて力持ちの子で、今思うと番犬のように頼もしかった。そのまま都内で就職してくれればよかったのに、長野市の教職員試験に合格してUターンした。近々、高校時代の同級生と結婚するそうだ。

貴宏にはもうひとり男の子がいる。入れ替わりにその子が来てくれたらと期待もしたが、北陸の大学に入学した。思い通りには行かないものだ。

翌週の火曜日、照子は公民館に向かった。シニア向けウクレレ教室は隔週の木曜日だが、安東先生は子ども向けの教室も持っている。そちらは夕方の時間なので、三時過ぎに訪ねて少し待っていると駅の方角から元気に現れた。

玄関先で待ち構えていた照子に驚いたものの、番犬について知りたいと言うと気さくに応じてくれる。

その夜のうちに安東先生から電話があった。レンタル番犬を利用し始めた人に、具体的な話を聞いてくれたのだ。会社の名前は「スマイルペットサービス・マキタ」。関心があるのなら事務所に問い合わせ、訓練施設を訪ねてみればいいと言われたそうだ。

しつこい勧誘はないとの言葉を信じ、照子は翌日、教えられた番号に電話をかけた。出てきたのは女性で、話を聞きたいような、やめた方がいいような、迷う照子に見学だけでもと勧めた。柔らかな物腰で「犬がお嫌いでなければ」と言われると、雪丸がちらついて心がほぐれる。訓練されていれば、あの犬よりしっかりしているにちがいない。

訓練施設は多摩川《たまがわ》沿いに設けられているそうで、車でなければ行きにくく、まずは事務所を訪ねた。自分で作った地図を片手に、慣れない駅で降り、コンビニや喫茶店を通り過ぎて目当てのビルを見つける。

エレベーター前で電話をすると若い女性が降りてきた。三階まであがり、フロア内の小部屋に案内される。どうぞと言われて椅子に腰かけていると、女性よりも年上だが十分若い男性が現れた。ひととおりの挨拶の後、会社のあらましや、番犬の貸し出しについて説明が始まる。会社はペットに関わる事業を手広く展開し、犬に限らず猫やハムスター、熱帯魚など、扱うジャンルは多岐にわたっているらしい。直営のペットホテルやトリミングサロンも着実に増え、訓練施設はごく最近、二ヶ所目がオープンした。

「訓練と言いましても主に二種類ありまして、家庭で飼われているわんちゃんに基本的なマナーを教えるコースと、災害救助犬などの専門技能を習得させるコースに分かれています。興味を持っていただいた番犬の貸し出しは後者になります」

照子が恐縮しながら「はあ」とうなずくと、男性は微笑んで、じっさいの犬を見てもらった方がわかりやすいでしょうと言う。

「ご不安もあると思いますが、番犬については社会的に十分意義があると自負しています。無理強《むりじ》いはしませんので、そこはどうぞご安心ください」

「まだ何も決めてないの。番犬を飼うなんて考えもしなかったから、未だによくわからなくて。家族にも相談してないのよ」

「犬にとって一番大事なのは信頼関係です。副島さんがわたくしどもを信頼し、会っていただく犬にも愛着が持てそうなら、前向きに検討してみてください。難しいとお思いでしたら遠慮なくそうおっしゃってください」

施設を見学し、じっさいのレンタル犬を間近で見た後、次はどうなるのだろう。

そんなこともわからないまま照子はビルから出て、会社のロゴマークの付いた乗用車に乗り込んだ。案内をしてくれた女性、名刺からすると戸田怜香《とだれいか》がハンドルを握り、説明をしてくれた男性、武内雅文《たけうちまさふみ》が助手席に座る。照子は後部座席。このふたりが悪い人なら誘拐されるわね、と思いながら窓からの風景を眺めた。

車は町中を出ると軽快に北上し、二十分ほどで「マキタ・トレーニングセンター」の看板を見つけた。道沿いに掲げられた案内板だ。そこからほんの五分足らずで駐車場に入る。

照子にしてみれば施設の何もかもが初めてで、好奇心がくすぐられるというより圧倒された。トレーニングウエアに身を包んだスタッフたちにも、リードにつながれた多種多様な犬たちにも、場慣れした雰囲気の飼い主たちにも、気後れするばかりだ。グラウンドからはひっきりなしにホイッスルの音がして、大型犬が疾走している。歓声や拍手に混じって、わんわんキャンキャン鳴き声が聞こえてくる。馴染めなくて、居心地が悪い。

さぞかし不安げな顔をしていたにちがいない。説明もそこそこに屋外が見渡せるテラス席へと案内された。

出された温かいお茶をありがたくいただいて照子は息をついた。

「この年で一から始めるなんんて、やっぱり無理だわ」

「副島さんをお連れしたのは、犬の飼い方を学んでもらうためではありません。ここで鍛練を積んだ犬を見てほしいからです」

ふつうは犬を飼うとしたら世話から始まる。トイレをしつけて散歩に出かけ、他の犬とのトラブルを避け、クリニックでの定期健康診断や予防接種は欠かさない。シャンプーや毛並みの手入れなどのトリミングも必要かもしれない。朝から晩まで健康に気をつけ、細々《こまごま》とした世話を焼くのが飼い主だ、ということくらいは門外漢でもわかる。

けれど自分はちがうのか。照子が言うと武内はうなずいた。

「副島さんにお願いする部分はそう多くありません。できうる限りわれわれが行います。犬は副島さんのお宅で暮らしますが、主《あるじ》が危険な目に遭わないよう、日夜、目を光らせています。今のは喩《たと》えの表現で、じっさいは鼻と耳で危険を察知します」

「ほとんどお世話をしなくても、主は私なの？」

「はい。ご紹介する犬にとって、何が何でも守るべき大事なご主人です。そこはちゃんと理解しています」

まるで白馬に跨がった騎士が、護衛役を務めてくれるような言い方だ。夢のような話だが、夢ではない証拠に利用料金が発生する。ひとり暮らしの高齢女性のもとに善意で現れるボランティアではないのだ。

その額、月に十万円。

払えば騎士は忠誠を誓ってくれるらしい。

「よろしければ候補の犬が今ちょうどおりまして、ご挨拶できればと思います。どうでしょうか」

「今ですか」

「ここに連れてくることもできますが……」

会って大丈夫だろうか。優しい物言いにくすぐられて、ついつい甘い言葉に乗ってしまいそうだ。でも逆に失望するかもしれない。熱が冷めることもありえる。会わずに帰れば都合のいい妄想に振り回されかねない。

「会ってみます」

失望なら失望でいい。おかしな夢を見るのはやめよう。

待たされること十分弱、スタッフに連れられて現れたのは、恐い顔をしたシェパード犬だった。背中から胴体にかけて黒くて、顔も墨をかぶったように黒い。お世辞にも可愛いらしいとは思えない。けれどその分、強くて賢そうだ。

がっかりという感情はわかなかった。それよりも、初めましてこんにちはと挨拶したくなる。あなたがうちに来てくれるのと問いかけたくなる。毎日恐い思いをしているのよ、助けてちょうだいと言いたくなる。だって、犬そのものが恐そうだもの。

そして思う。私を守ると約束してくれるのならば、払っていいのかもしれない。毎月の十万円。年に百二十万円。だって、私の老い先は短いの。それくらい使ったって罰は当たらない。

「名前はなんていうんですか」

「リクヴェルです。通称リク。どちらでも」

「いいお名前ね」

スタッフ、というよりトレーナーと言うのだろう。見るからに体育会系とおぼしき精悍《せいかん》な顔立ちの男性が声をかけると、犬は照子から二メートルほど離れた場所に腰を下ろした。お座りの形になる。

照子の傍らにいた武内が犬に歩み寄り、手を伸ばしてその背を優しく撫でた。

「リクヴェル、こちらは副島照子さん。君の新しいご主人になるかもしれない人だよ。もしも決まったら、くれぐれもよろしく」

新しい？　聞きとがめて照子は武内に話しかけた。

「この犬はこれまでにもどちらかに貸し出され、ご主人がいたんですか？」

「はい。その方はほんの二ヶ月前に高齢者向けの施設に入居されました。もともとそういうご契約内容でした。ですがリクヴェルをたいそう気に入ってくださって、あと半年、あと半年と延ばされて。いっそ施設に連れて行きたいとも言われたのですが、この犬を必要としている人がきっといるだろうからと、最後は気持ちよく手放してくださいました」

「まあ、そんなことが」

「リクヴェルはとても賢い犬なので、自分の役割をちゃんと心得ています。新しいご主人が決まったら、その人を守るために全力を尽くします。もっともふだんは室内でごろごろしているだけですが」

「そうなの？」

犬のリードを持つトレーナーが苦笑いを浮かべ、武内がさらに言う。

「警戒心が強く、いざとなったらとても勇敢で物怖《ものお》じしない犬なのですが、何事もないときはマイペースでくつろいでいると思います。吠えたり騒いだりはないので、居候がいるくらいに思っていただければちょうどよいかと」

「うちでもくつろいでくれるのかしら。私もくつろいでいいのかしら」

「もちろんです。見かけによらず人なつこくて構われたがり屋なので、話しかけたり撫でたりすると喜びますよ」

「この犬が？」

照子の反応がおかしかったらしく、武内もトレーナーも小さく吹き出す。

「見かけよりずっと可愛いやつです。ご主人が大好きで、役に立とうと張り切ってます。ときどき褒めてやってください。おだてに弱いタイプです」

にわかには信じられない話だ。でも神妙な面持ちで照子を見つめる犬に硬質な威圧感はない。純粋に見ず知らずの人を眺めている。たった今、引き合わされた人が主になるのかならないのか、その選択をゆだね、平然としていられる。そういう強さは人間ならば意外と難しい。ごちゃごちゃとよけいなことを考えてしまうから。もしかしたら一緒に暮らす上で重要な要素かもしれない。

瞬時に危険を察知する護衛官でありつつ、ふだんはおだてに弱い居候というのも親しみが持てる。人間くさい。この場合は犬くさいか。笑いたくなって気持ちが軽くなる。

「もしもお願いするとしたら、ここから先はどうなりますか」

「トライアル期間が始まります。三段階ありまして、この施設でリクヴェルと少しずつ親睦を深めてもらいます。問題なく進めば、次は副島さんのお宅でお試し滞在。だんだん時間を長くしていって、大丈夫そうならば本格的な同居に移ります」

よどみのない説明に、犬の貸し出しがサービスとして確立されていることを実感した。武内の話からすると最初の貸し出しから数えて八年目になるそうだ。これといったトラブルはなく、今までどの利用者からも好評を得ていると言う。現在は十四匹が都内西部で職務を全《まっと》うしている。

番犬の話を聞きに行く前に、照子は子どもたちに電話をした。犬の件は伏せ、友だちの家に不審者が現れたことを話し、昨今の物騒なニュースがよりいっそう身近になったと訴えた。

娘の裕美子は真剣に耳を傾け、とても心配してくれたが、すぐに二世帯住宅を建てる話に変わる。今住んでいる狛江の家を売って、裕美子のいる松戸《まつど》に新しい家を建てようと数年前から言われている。裕美子の一人娘も一緒に住むことにして、もうすぐ生まれる赤ちゃんも加えると四世代同居だと楽しげにしゃべる。

けれど照子は乗り気になれなかった。合意したとして、実際住むのは何年先になるだろう。早くても二年、三年はかかるのでは。八十四歳の自分は九十歳近くなっている。元気でいられる保証はない。

愛着のある今の家を手放すのにも抵抗がある。長年馴染んできた狛江からも離れがたい。娘たちとの同居は心強いが、そこを自分の家と思えるだろうか。

心配されたことにありがとうと言い、他には曖昧な返事をして受話器を置いた。

そのあと貴宏に電話をかけた。前々から高齢者施設への入居を勧められている。自分たちの住んでいる長野で気に入った施設を見つけてほしいけれど、狛江から離れたくないのならばそちらで探すのも致し方ないと。今回もその話になって急《せ》かされると思いきや、やけに優しく長野においでよと言われた。子どもたちが外に出たので今は夫婦ふたり暮らし。気兼ねはいらないとのことだ。

でも、二階の二間《ふたま》は子どもたちの部屋で、外に出たと言っても荷物は未だ置きっぱなし。下はリビングダイニングの他、和室がひとつきりだ。そこを貴宏夫婦が使っている。照子はどこにいればいいのだろう。和室を譲られても落ち着けない気がする。

丁重にお礼を言って電話を切る。娘も息子も年老いた母の身を案じてくれている。自分たちにできる精一杯のことを考えてくれている。ありがたくて嬉しい。それはほんとうなのだけれども、どちらも狛江の家に住むつもりはないようだ。ここにいる限り、照子は家族と暮らせない。

もうひとりの息子、名作「男はつらいよ」の〝フーテンの寅〟を地で行く長男・光昭にはメールを送った。数日後に届いた返事には、六十歳になったと書いてあり、そのさい催されたとおぼしき誕生パーティの写真が添えられていた。ホールケーキを掲げた赤いシャツのおっさんが大笑いしている写真だ。

こんなのに比べたら、よっぽど犬の方が頼りになる。

訓練施設への訪問は送迎付きで至れり尽くせりだった。目的がはっきりしているので愛犬家たちに気がねすることもない。リクヴェルに会って声をかけ、少しずつ距離を縮める。犬に慣れていない照子の目にもはっきり変化が見て取れた。

なんといっても照子の訪問を喜ぶのだ。尻尾を振って喉を鳴らし、はしゃぎすぎてトレーナーに怒られ、哀しげな声と共にしゅんとする。勧められるままに手を伸ばすと、けっして動かず待っていてくれる。ぎこちない手つきで背中を撫でれば、気持ちよさそうに目を細める。初めて見たときは強面《こわもて》でいかつくて、お世辞にも可愛いとは思えなかったのに、ほんの数時間で認識が変わる。なんて可愛いと微笑む自分がいる。

「私は照子っていうのよ。あなたのことはリクって呼んでもいい？」

控えめな「わおん」という声が返ってきた。

「リク、早くうちに来てね。自分の家でのんびりしたいのよ」

いずれは介護施設に入ろうと心に決めている。そうなっても子どもたちには何かと世話になるだろう。孫やひ孫との交流や成長は楽しみだ。家族はこの先もずっと大事にしたい。でも少なくともあと数年、今の家で気ままに過ごしたい。趣味もあるし友だちもいる。食べたいものがあって、行きたいところもある。

リクヴェルが家に入るにあたっては、室内の準備がそれなりに必要だった。最初に事務所を訪れたさい、広さや間取りを話していたのでそれにそった提案を受け、フローリングにクッションマットを敷いて、居間のすみっこにトイレコーナーを設けた。新しい生活が始まる高揚感も手伝って、古い家具の処分や観葉植物の整理にも精を出す。

待ちに待ったという気分で臨んだリクヴェルの訪問は、彼の興奮やら緊張やらもあって初日こそ短時間で終わったが、それからは順調に時間を延ばし、一週間後には一泊トライアルが行われた。それも難なくクリアし、ごく穏やかに同居へと移行した。

基本的に朝の一時間、八時から九時までと、夜の一時間、十八時から十九時までが散歩の時間で、スタッフが車で現れ連れていく。家庭で飼われている犬ならばもっと早朝の散歩になるかもしれないが、スタッフの勤務時間になるのであまり早い時間ではなく、夜は逆に早くなる。散歩の時間以外は家にいて、照子が外出するときは留守番する。食事は散歩の後にスタッフがやってくれる。

そういったタイムスケジュールやいくつかの注意事項をもとに、一週間が過ぎ、二週間が過ぎた。朝晩、スタッフが来てやりとりもできるので、ちょっとした質問などもしやすく、一日のリズムも習得しやすい。そしてリクヴェルとの暮らしはちょっと不思議で、新鮮味にあふれていた。

ひとり暮らしが長く室内犬も初めてなので、しばらく落ち着かなかったものの、疲れたときのうたた寝で久しぶりに身も心も安らげた。話しかけて手招きすれば、いそいそやってきて鼻をならすし、いかつい顔の大型犬に甘えられると、なぜか自分が若い娘に戻った気がする。素敵な騎士に守られるお姫様気分になってしまうせいか。ボトルを投げて遊んだり、一緒にテレビを見て話しかけたり、庭に降りて水まきしたりと、言葉も多く出るようになった。笑う機会も増えた。

八十年生きてきてもまだまだ知らないことがある。そう思うと愉快で、新しいことを始められた自分がちょっぴり誇らしい。

二週間が過ぎた頃、ようやく犬との暮らしを家族に打ち明けた。まずは貴宏。とても驚かれた。そんな商売があるのか、おかしな会社じゃないのか、犬は危なくないのかとまくしたてる。照子は大丈夫だと繰り返したが、しまいには声が嗄《か》れてしまった。裕美子に話す気力をなくしていると翌日、貴宏から聞いたと言って電話がかかってきた。これまたなんの相談もなしにと機嫌が悪い。料金を聞かれても正直に答えられなかった。数万円とごまかすと、そんなにするのかと悲鳴のような声が返ってきた。心配だからすぐにでも駆けつけたいが、娘に切迫流産の兆《きざ》しがあるので千葉から離れられないと言う。それは一大事、そばにいてあげてねと念を押して受話器を置いた。

大きなため息をつく照子のもとに、リクヴェルが気遣う顔で寄り添う。

「賛成されないと思っていたけれどやっぱりね」

抱き寄せると陽だまりの匂いがする。毛並み越しに伝わる息づかいに励まされる。

「反対されてもかまわないわ。ここは私の家なんだから」

窓の外には夕闇が訪れていた。照子はすっと立ち上がり電動シャッターを下ろすべく窓辺に向かう。庭に不審者がいるかもしれないという怯《おび》えはもうない。

この家に近づく者がいればリクヴェルが必ず反応するからだ。宅配便にも郵便配達にも回覧板を持ってくる近所の人にも、チャイムが鳴る前に察知して低く喉を鳴らす。照子が玄関に出ようとすると背後についてきて、いつでも飛びかかれるような臨戦態勢を取る。今のところみんな無害な人なので、照子が和やかに対応していると、それを学習してひとりずつ覚えていく。二回目からは耳をピンと立てるだけだ。配達員が変わるとまた警戒心を発動する。

すっかり安心していると、貴宏に電話した週の土曜日、リクヴェルがひときわ強い反応を見せた。ソファーでくつろぐ照子の足下に寝そべっていたのだが、ふいに頭を起こして耳を立てる。寝ていた体勢から起き上がり、レースのカーテン越しに庭をじっと見る。前足にも背中にも緊張をみなぎらせる。

照子も庭へと目を向けたが、見慣れた庭木より手前に誰かいるわけではなさそうだ。リクヴェルの視線は庭から玄関へと動き、それに合わせるようにチャイムが鳴った。照子は立ち上がり、こわごわとインターフォンの画像をのぞきこむ。そこに映った人物に思わず「あっ」と声が漏れた。

「巧ちゃん」

貴宏のところの上の子だ。張り詰めていた気持ちがどっと緩み、駆け出そうとする照子の前にリクヴェルが立ちはだかった。

「ちがうのリク、私の知ってる人なの。孫よ、孫」

照子の笑顔を見て進路を譲ってくれたが、警戒心たっぷりに後ろをついてくる。照子は小走りに廊下を進み満面の笑みと共に玄関を開けた。日に焼けて、頬の緩みが引き締まった孫がそこにいた。

「おばあちゃん、久しぶり」

「どうしたの、急に。誰かと思ったわ」

「驚かせてごめん。父さんやおばちゃんにすごい勢いでせっつかれて、予定を変えて上京してきたんだ」

「もしかして」

「そうそれ。家族代表で見に来た」

　照子の背後には未だ緊張を解いてないリクヴェルがいる。いきなり飛びかかっては一大事なので、まずは巧巳をその場に押しとどめた。動かないように言ってから、振り返って腰をかがめる。

「リク、この人は私の大事な人なの。安全なお客さまよ。あなたも仲良くしてね」

「本物のシェパードだ。おばあちゃん、おれ、すごく嬉しい」

「あらそうなの？」

「犬、大好きだもん。言わなかったっけ。今日も話を聞いてわくわくしながら飛んできた」

「お父さんたちは怒ってるでしょう」

　やりとりをしているとリクヴェルの攻撃性も少し和らぐ。

　レンタル番犬を置くようになってから来てくれた友だちには、玄関先でそれぞれを紹介していた。友だちは犬のことを聞いているので興味津々で合わせてくれたし、リクヴェルも危険な人物ではないとわかれば友好的にふるまえる。

巧巳の場合も同じ手順で家にあがってもらった。犬好きと言うだけあって、変に近づいたり手を出したりせず、おとなしくソファーに座って照子がいれてくれるお茶を待つ。ときどき笑みを向けて「こんにちは」などと声をかける。

「それにしてもすごいサービスだよね、レンタルで番犬を飼うなんて」

「巧ちゃんも驚いた?」

「そりゃね。散歩はどうするんだろうって真っ先に思った。でもそれはやってくれるみたいだね」

「お世話はほとんどいらないの。頼りになる警備員に常駐してもらう感じ」

友だちのひとりが言った言葉だ。

「それで月に数万円?」

「高いと思う? 裕美子には怒られたわ」

「ぜんぜん高くないよ。むしろ安い。それでやってけるのかなって思った」

言われて、もうちょっと高いと訂正した。

「今どきは住み込みのお手伝いさんだと三十万円くらいって聞いた。家族が当たり前のようにやってることを人に頼むと、すごくかかるんだ。おばあちゃんが払える料金なら問題ないし、父さんやおばちゃんが少しくらい援助したっておかしくないよ」

照子はすっかり感激し、泣きそうになる。

「巧ちゃんがそんなふうに言ってくれるなんて。いつの間にかもう立派な大人なのね」

「そうでもないって。この頃は結婚後のことでうじうじ悩んでいるし。思い描く快適な暮らしって、ひとりひとりずいぶんちがうんだね」

お茶を飲みながら聞いてみると、親戚がみな遠く、付き合いもあっさりしていた巧巳とちがい、結婚相手の女性は大家族の中で育ち、結婚後も伯父さん宅に隣接した空き家を勧められ、その気になっているらしい。巧巳は夫婦ふたりの時間や自分の時間が削られるのではと二の足を踏んでいる。

「気に入っているこの家で、ゆっくり暮らしたいっていうおばあちゃんの気持ちはよくわかる。そのために、自分で調べて番犬を置くようになったんだもんね。ほんとうにえらいよ」

「私はもう年だから、わがままもし放題よ。でも巧ちゃんはいろんな暮らしを試してみる時期じゃないかしら。やってみたら案外、合っているかもしれないでしょ。そうでもないかもしれないけど」

「そうでなかったらどうするの。パスするなら早いほうがよくない？」

「向こうの望む暮らしをパスして、巧ちゃんの望む暮らしを向こうがパスしたら、物別れよ。それでいいの？　よくないのなら、必要なのは我慢じゃなく、譲り合い。好きな相手ならば、お互い譲れるところはあると思うわ」

照子の言葉に考え込んだ巧巳は少しずつリクヴェルとの距離を縮めていて、いつの間にか、撫でたりハグしたりができるようになった。散歩に行くのはダメなのかと聞かれ、照子はスタッフに問い合わせた。十分訓練された犬だが、どんなアクシデントに見舞われるかわからないので、高齢である照子がひとりで連れ出さないようにと言われている。けれど二十代の孫が一緒ならばと許可がおり、巧巳もメモを取りながら諸注意を聞いた。

お昼はあり合わせの食材で炒飯《チャーハン》やスープをこしらえた。気持ちよくたいらげた巧巳と共に、照子は午後は散歩に出かけた。スタッフなしでリクヴェルと歩くのは初めてだ。

いつもの道に吹く風がとても爽やかで気持ちいい。小春日和《こはるびより》という言葉を久しぶりに思い出す。リクヴェルもご機嫌でときどき照子に笑みを向けてくれる、ような仕草をする。リードを持つ巧巳もテンションが高く、「最高だよねえ」と声を弾ませた。

住宅街を一周するくらいのお散歩だが、立ち寄った公園ではリクヴェルと一緒の写真を何枚も撮ってもらった。自分の笑顔があまりにも明るく若々しく、照子がこれを遺影にしたいと言うと、巧巳に笑いながらたしなめられる。その一方、巧巳も自分の写真を彼女に送り、すぐ返事が来たと嬉しそうだ。庭先にいた顔なじみがわざわざ出てきて立派な犬だと褒めてくれたり、すれちがった親子連れから話しかけられたり、小学生たちが好奇心たっぷりに近づいてきたりと、ふだんでは味わえない楽しさがある。

夕方、巧巳が帰ってしまってからも心にぽっかり穴が空くことはなかった。リクヴェルは変わらずそばにいて、十八時になるとお散歩のスタッフがやってくる。照子は夕飯の用意をして風呂の準備も進める。お散歩から帰ってくると室内の温度がふわっと上がった気がした。

「今日は昼間もお出かけしたでしょ。楽しかったわね。巧ちゃんきっとまた来るわ。彼女と一緒かもよ」

話しかけると、リクヴェルはちゃんと反応してくれる。喉を鳴らしたり、首や尻尾を振ったりして。

「夕飯の後片付け、ちゃっちゃとすませなきゃ。今日はドラマの日よ。この前リクもずっと見てたでしょ。主人公の飼っているトイプードルが気になった？　可愛かったものねえ」

ひとりではなく誰かいる。でもその誰かによけいな気遣いはいらない。好きなように食べて寝て起きて、掃除したり居眠りしたり出かけたりウクレレを弾いたりこっそり歌ったり。相手からどう思われているのか、不満があるんじゃないか、何を考えているのだろうか、そんな深読みは必要ない。

犬はただそこにいるだけ。家事は手伝ってくれないけどそばにいてくれる。言葉は話さないけど守ってくれる。

巧巳が現れた翌日、裕美子から電話があった。報告が行ったらしい。きちんとしつけられた賢い犬で、おばあちゃんは平和に暮らしていたと聞いたようだが、裕美子は不満げだった。

「私がすることなすこと気に入らないってのはやめてよね。哀しくなるわ」

「そんなつもりはないの。ごめんなさい。お母さんをひとりにさせて申し訳ないと、私が勝手に責任を感じてて。それでついピリピリしてしまうの。悪かったわ」

「ほんとうに助けがほしいときは言うから。もっとどっしり構えてよ」

「うん」

「赤ちゃんもうすぐでしょ。きっとすごく可愛いわよ」

「うん」

「写真、楽しみにしている。送ってね」

宥《なだ》めたり励ましたりしつつ切り上げようとすると、裕美子は「あのね」と口ごもりながら言う。

「お母さんが契約したっていうその、レンタル番犬の会社や犬そのもののこと、私なりに調べてみたの。そしたら気になる書き込みがネットにあって」

「は？」

「その人、仮にAさんとしとくけど、同じ会社からお母さんみたいに雄のシェパードを借りてたのよ。それで一年くらい前のブログに、借りた犬に重大な秘密があったと書いている」

照子は受話器を手に思わずリクヴェルを見た。照子の妙な動きを感じ取って耳を動かす。

「契約するときに教えてもらわなかった秘密だって。何か、心当たりある？」

「いきなりそう言われても」

「私、思い切ってネット上で尋ねてみたのよ。秘密ってなんでしょうかって。しばらくして返事があったけれど、『思うことがあってお答えできません』、『すみません』って。よけい気になるでしょ。思うことってなんだろう」

戸惑いの後、照子はそわそわと落ち着かなくなる。

「Aさんってどういう人なの？　犬はまだ借りているのかしら」

「八十代前後の男性だと思う。私が見つけたのはその人のブログで、もともとたまにしか更新されてなくて。ここしばらくはカメラの話題ばかり。犬については一年前のその書き込みの前後にちょっとあったけど、私が見た限り、この半年はまったくないわ」

「やめたのかしら」

「さあ」

秘密を知って、何かあって契約を解除したのか。何かあって秘密が明らかになり、契約を解除したのか。契約解除のときに秘密を聞いたのか。秘密を抱えたまま契約は続行されているのか。

その夜、照子はいくつも夢を見た。

リクヴェルが突如巨大化し、めりめりと屋根を突き抜けてしまう夢。リクヴェルが呼び寄せた犬たちが、次々に庭から入ってくる夢。強盗が現れたのにリクヴェルがベッドの後ろに隠れて、まったく役に立たなかった夢。どれもこれも荒唐無稽《こうとうむけい》で少しも現実味はなかったけれど、自分の不安は如実に表れていた。

数日悶々《もんもん》としてから、照子はマキタの事務所に電話を入れた。何かと頼りにしている武内は不在だったが、話しやすいという意味では一番の戸田が代わって出てくれた。

何をどう話せばいいのかと悩みもしたが、回りくどいのはやめて、裕美子から聞かされたのとほぼ同じ内容を戸田に話した。彼女はしばらく間を空けてから、思いつくものがないと言う。

「契約までにお話ししていないのは……たとえばリクヴェルの名前の由来とか」

「由来？」

「フランスの都市名から取っています。うちにはそのパターンが多くて、エピナルやアンジェもいます。でも秘密っていうほどのこともないですよね。私も言う機会がなかっただけですし」

「Aさんに心当たりはある？」

「それだけではなんとも。シェパードは複数いるので。私よりも社歴の長いスタッフならわかるかもしれません。少しお時間をいただけますか」

そのあと電話がかかってきたのは夕方遅く、武内からだった。Aさんに心当たりはあるが詳しいことは話せず、秘密についてはAさんに確認しなくては何を指しているのかわからないそうだ。いずれにしても照子が心配するような内容ではけっしてないと言う。

そうですかと力なく応じて電話を切った。

リクヴェルが気遣うように鼻をならした。手招きして、近づいたところでハグする。

「あなたの秘密ってなあに？　隠し事があるなら教えてよ」

左右に揺れる尻尾を見ながら思い直す。

「ううん。教えてくれなくてもいい。あなたは私を裏切らない」

だって、犬だもの。人間とはちがう。

でも、その人間が送り込んでいるのだ。

リクヴェルがあずかり知らないところで、秘密を仕込まれているのかもしれない。

割り切れない思いを抱えた数日後、照子は深い眠りの淵から目を覚ました。

寝室のベッドの中にいる。豆電球をつけているので、雨戸が閉まっていてもほの明るい。サイドテーブルに置いた時計を見れば、針は十一時五分を指していた。ベッドの傍らで、いつもはすやすやと眠り込んでいるリクヴェルが起き上がっていた。四肢《しし》に力を入れて何かを警戒している。この気配が寝ていた照子に伝わったらしい。

「どうしたの？　誰かいるの？」

照子が話しかけても振り向かず、見据えているのは庭の方角だ。

宅配便やお客さんの来る時間ではない。もしかしたら生け垣の向こうに、めったにないことだが酔っ払いとか、離れがたい恋人同士とかがいるのかも。

それとも。

照子はパジャマの上にカーディガンを羽織ってベッドから降りた。

寝室はドア一枚隔ててリビングに続いている。照子のあとをリクヴェルもついてきたので、ドアノブをそっと回してリビングに入った。雨戸は閉まっているが、キッチンの窓越しに外の灯りが入るので寝室よりも明るい。

「何もなさそうよ」

呟《つぶや》いてみても、リクヴェルの緊張は解かれず、視線がゆっくりと庭から玄関へと動く。

副島家を訪ねる人の動線でもある。

「こんな時間に誰かお客さま？　ありえないわ。連絡もないし」

照子はインターフォンへと目を向けた。鳴るのは恐い。でも鳴らなくても安心はできない。無音のままのインターフォンから目をそらし、廊下に出るドアに近づいた。

リクヴェルは低く唸るだけなので、家の中に何者かがいるということはなさそうだ。

きっと酔っ払い。そう言い聞かせてドアを開ける。暗い廊下の先には玄関扉が見えた。恐る恐る目を凝らすと、はめ込まれた磨りガラスの向こうにふと何かがよぎる。

誰かいる？

まさか。何かの間違いよ。

立ちすくむ照子の耳に、ドアノブを回す音がした。

友だちの順子の話を思い出す。彼女は自宅の勝手口をガチャガチャされて、不審者の出現を確信した。

そうだ。酔っ払いなんて言っていられない。怪しい。おかしい。ここにも不審者が現れた。総毛立つも、悲鳴の類いは飲み込めた。鍵は閉まっている。助けを呼ぼう。震えている場合ではない。

「リク、大丈夫よ。今すぐ警察に電話するから」

けれども言い終わる前に、まるで鍵穴に鍵を差し込んだかのように、さっきよりもなめらかな金属音が響いた。唖然としている間にも、鍵の外れる音がする。

照子は口を開けたまま固まった。玄関扉はギイッと鈍い音を立てて動き、隙間から人影が滑り込む。

そのとたん、リクヴェルが猛然と飛び出した。荒々しく吠えかかる。侵入者は驚いたようで何か声をあげた。照子は様子を見守るどころではない。廊下の入り口からリビングに戻った。あわてるあまり、何もないはずの床につまずき転んでしまう。

「きゃーっ」

その悲鳴が聞こえたのか、大音量で吠え続けていたリクヴェルが突然鳴き止んだ。身体を反転させ、リビングに駆け込んでくる。照子はなんとか起き上がったものの頭の中が真っ白だ。そばに寄ってきたリクヴェルにすがりつく。

「助けて、リク。お願い」

彼は荒い息をつき、目つきもギラギラしていたが、冷静さを失ってはいなかった。寝室に戻るよう照子を促す。身体で押して、鼻先でしゃくる。できないと首を横に振りたかったが、廊下の向こうからは足音や話し声が聞こえてきた。不審者は家に上がり込み、何やらしゃべっているのだ。足音からしても複数人いるらしい。

逃げろと目で訴えるリクヴェルに助けられ、照子は這うようにして寝室に入った。

リクヴェルはリビングに残り、廊下から現れた不審者たちに再び立ち向かう。激しい吠え声はまるで雷鳴のよう。闘争心むき出しの動きはすばやく荒々しい。人間たちの悲鳴が交錯《こうさく》した。

「やめろ、よせ、来るな!」

賊はリビングの中を逃げ惑い、それこそ転んだりぶつかったりと大騒ぎだ。

「なんだおまえは。黙れ!」

ときどきやり返そうとするものの声に力はなく、一方で、響き渡るリクの咆哮《ほうこう》は凄みに満ちている。

不意にドタバタの物音が途切れたので、照子はドアの隙間からリビングをうかがった。リクヴェルは賊を部屋の隅に追い詰め、ソファーの上から威嚇《いかく》している。今にも飛びかかりそうに喉を鳴らす。嚙みつかれたらひとたまりもないだろう。

賊のひとりが半泣きの声をあげた。

「誰がこんな犬を入れたんだ」

勝手に入ってきて何を言う。

「ここはおれの家だぞ。どうしてこんな目に」

照子は眉をひそめた。おれの家？

「よく聞け。おれの名前は副島光昭、この家の長男だ」

それを聞いてリビングに転げ出た。

おっかなびっくり部屋を横切り、首を伸ばして賊の顔を見る。

向こうも照子に気付き、大声をあげた。

「お母さん！」

「光昭？」

すっかり薄くなった縮れ毛に丸い顔、ずんぐりとした体つきの中年男が、なおも情けない声で言う。

「なんでこんな凶暴な犬がいるんだよ。お母さん、無事か。いったいどうなってるんだ」

へたり込んでいた場所から腰を浮かし、またしてもリクヴェルに牙を剝《む》かれる。

「うひゃー」と縮み上がる。

「じっとしてなさい。これは優秀なプロの番犬なの。私を守るために頑張ってくれてるんじゃない。下手に動くと噛みつかれるわよ」

そして気を取り直し、臨戦態勢の彼に話しかけた。

「もう大丈夫。ほんとうにありがとう。あなたのおかげで私は無事よ。この人は私の息子で家族なの。怪しく見えるけど怪しくないわ。たぶん」

絶対だよと光昭が反論する。

「もうひとりの若いのは誰！」

光昭のとなりには色白の若者が丸まっていた。両手で頭を抱えているが、長い指の間からこちらを見ている。

「これはマリオと言って、同じ工房で働いている弟分みたいなものだ。日本のアニメが大好きで、どうしても日本に行きたいと言うから連れてきたんだけど、入国審査に引っかかってすごく時間がかかって。おまけにおれのスマホが盗難に遭ってなくなって。それで、誰にも連絡できず、ともかく家に帰ってきたところで」

「いきなりの帰国？」

「サプライズだよ」

「いらないわ、そんなもの」

「格安航空券が手に入ってさ。お母さんから心細そうなメールが来てたから、一度帰らなきゃと思ったんだ」

全身から力が抜けそうな話だ。へたり込む前に電気をつけてエアコンのスイッチも入れる。光昭たちが動こうとしたので、それを制してリクヴェルにまた話しかける。彼の緊張を解く方が先だ。笑顔で宥めているとチャイムが鳴った。続けて玄関扉も叩かれる。

リクヴェルはさっきのように警戒もせず、静かにソファーの背もたれから降りてきた。落ち着きを取り戻し、尻尾まで振る。それもそのはず。やってきたのはマキタのスタッフふたり、武内と顔なじみのトレーナーだった。こんな真夜中に何事かと思ったら、リクヴェルから異常を知らせる信号が入り、大急ぎで駆けつけたという。

「何もなかったでしょうか」

「あったと言えばあったの。でも危険なものではなかったわ」

驚くやら申し訳ないやら。

ふたりは肩をすぼめる照子を見て、深く安堵の息をついた。

説明やらお詫びがてらやら、夜中ではあったが武内たちにはあがってもらった。リビングの隅には不肖の息子と珍客が神妙な面持ちで正座していた。その光景に驚いた武内たちだったが、照子がリクヴェルの活躍を余すところなく伝えると相好《そうごう》を崩す。

光昭たちを気の毒がってようやく隅っこから救出した。

同時に、このところ照子が気にしていたリクヴェルの秘密も明かされた。それは武内たちが突然現れた理由そのものだった。マキタが番犬として貸し出している犬には、激しく吠えたときだけ作動するセンサーが首輪に取り付けられている。そこから発せられた信号は会社に送られ、担当スタッフに伝えられる。知らせを受けたスタッフは昼夜を問わず駆けつけ、突発事項に対応する。

「犬が吠え続けるような異常事態に見舞われたとき、落ち着いて冷静に通報するのは、多くの人にとってけっこう難しいです」

「ええ、まさに。私なんかすっかり気が動転して転んでしまったのよ。怪我などはなかったけど、よけいに焦って通報を忘れたわ」

武内は「ですよね」とうなずく。

「不審者の侵入に限らず不慮の事故もあります。転んで起き上がれなくなる、あるいは風呂場などで倒れてしまう、そんなときも犬が吠えてくれれば信号が発せられます。われわれが様子を見に行くことができます」

「素晴らしいじゃない。いつ何があるのかわからないのが年寄りだもの。そんな仕組みがあればどれだけ心強いか。秘密にせず、言ってくれればいいのに」

とたんに武内は困った顔になる。

「こちらとしてもお伝えしたいのはやまやまなんです。何かあったときの番犬システムであり、スタッフと連携した仕組みがあれば利用者の安心も増すはずです。けれど残念ながらまだ試作段階で。ほぼ信号は発せられるのですが、まれに作動しない場合があって、お約束ができない状態なんです」

　聞いたとたんに納得せざるを得ない話だ。いざというときに会社に連絡が行き、スタッフが駆けつけてくれる、そうなればとても心強いが、万が一にも作動しなかったら失望どころではない。裏切られた感は嫌でも大きくなる。

「いざってときに反応するかしないか、それがまた新たな心配になってしまうわね」

「そうなんです。訓練中にテストは繰り返しているので、確率が上がれば太鼓判が押せます。それまできっとあともう少し」

「ネットに書き込みをしていたAさんは、秘密に気付いたのですか」

　武内は眉を八の字に寄せてうなずいた。

「不審者の侵入ではなかったのですが、犬が吠えるような事態がありまして、スタッフが駆けつけました。そこで今と同じ説明をしまして」

「それを中途半端に書いてしまったのね」

「ご本人いわく、あとから削ろうとしたけれど、やり方がわからなかったそうです。

照子さんにはお話しできず、ほんとうに申し訳ありませんでした」

武内もトレーナーも深々と頭を下げるので、照子は首を横に振った。今日の騒ぎの張本人である光昭は、話し込む三人に冷蔵庫から出したペットボトルのお茶をふるまい、マリオにも話の内容を通訳して教えていた。レンタル番犬だとわかったマリオは震え上がっていたのを忘れたかのように興味津々。触りたくてうずうずしている。手を出さないのは、リクヴェルから向けられる視線が未だに険しく鋭いからだ。簡単に心を許したりしない。さすがプロの番犬だ。

七年ぶりに帰国した光昭は、日本の美術を心ゆくまで堪能すると言っていたが、足《あし》繁《しげ》く通うのは美術館やギャラリーではなくラーメン店やお好み焼き屋だ。マリオは今年二十八歳になるという気のいい若者で、念願のアニメ専門店に大喜びしたかと思ったら、浅草《あさくさ》に行きたい、銭湯に入りたい、商店街でお団子が食べたいと次々に要望が出てくる。

何かと騒がしいふたりの滞在は三週間足らずで、後半は長野にいる貴宏宅に押しかけ、裕美子夫婦の経営するベーカリーショップにも出かけた。照子は迷惑をかけないようにと、小学生の子どもに言うようなことを口にし、そのたびにやれやれと嘆《たん》息《そく》したものの、少しはためになることをふたりはしてくれた。

貴宏たちに、リクヴェルの番犬としての素晴らしさを力説してくれたのだ。実際の体験談でもあるので説得力はあったにちがいない。貴宏たちの態度は軟化し、お正月は狛江の家に来るという。お母さんがお世話になっているわんちゃんに挨拶しなくてはと。

光昭とマリオが帰国し、ようやく訪れた平和な昼下がり、照子は窓辺の陽だまりに一人掛けのチェアを動かした。図書館で借りてきた雑誌を膝において、傍らの大型犬に話しかける。

「お正月には久しぶりに黒豆を煮ようかしら。リクにはスペアリブを用意しましょうね」

「わおん」

「あら、わかるの？　さすがね。その前に、明日はレバーペーストがあるからお楽しみに」

順子をはじめとした女子校時代の友だちが三人もやってくるのだ。久しぶりのランチ会に心が弾む。彼女たちのお目当てはもちろんリクヴェル。

レンタル番犬？　何それ。もっとちゃんと話して。見てみたい。会いたい。恐くない？　吠えたりしない？　大丈夫？

電話口での数々のやりとりが頭をよぎる。

「みんなもきっと飼いたくなるわ」

賢くて強い、自分の騎士。

いかついだけでなく、とても優しい本物の紳士。

「ずっとそばにいてね」

身体を起こして首を撫でる。手のひらに伝わる温かさが照子の心を和ませる。

味わっていると柔らかな睡魔が降りてきた。

ふんわり、うとうと。ああ、気持ちいい。

少しだけ目をつぶるわね。あとはお願い。おやすみ、リク。

幸せの黄色い
ペンダント

岸本葉子

KISHIMOTO YOKO

神奈川県生まれ。エッセイスト。
東京大学卒業後、保険会社勤務を経て、
中国に留学。2003年、自らの闘病を綴った
『がんから始まる』が大きな反響を呼ぶ。
『昭和のほどよい暮らし』
『ひとり老後、賢く楽しむ』『私の俳句入門』
『60代、かろやかに暮らす』、
長編小説『週末の人生 カフェ、はじめます』、
短編小説集『人生の夕凪 古民家再生ツアー』、
お買い物エッセイ「買おうかどうか」シリーズ
など著書多数。

黄金色の泡が白い太麺の間にふつふつと立ちはじめる。とろけた玉葱《たまねぎ》をよけながら熱々の汁をおたまにすくい、小皿に移してすすってみて、

「くー」

痛みをこらえるときのように目をつむり、ナツは深くうなずいた。

この銘柄のカレーうどんを作るのは、二度目である。有名シェフが「ご家庭でも店の味を」と特製スパイス入りスープと生麺をセットにして売り出したものだ。初めて作ったときは、香辛料こそ今まで試した銘柄の中でもっとも効いているけれど、味の奥行きが足りないようにナツは感じた。そこで二度目は工夫を凝らしたのである。

片手鍋に油を引いて玉葱をまず炒める。飴色になったところで、鍋肌にうっすらついた焦《こ》げはそのまま、水、あらかじめ切った人参、ジャガ芋を投入、火が通ったら生麺とほうれん草を追加。粉末スープの他、隠し味にケチャップとみりんを入れて、そこからは袋に記されたとおりに一分半煮る。

途中で味見した汁は、

「いい、すごくいい」

前回とは比べものにならないコクである。

キッチンタイマーが一分半経過を告げ、麺にほどよく黄金色の染《し》みたのを確かめ、火を止めた。丼へ移す際、湯気でふわりと老眼鏡がくもる。四十代半ばで早々と老眼になり、二十年来欠かせない。

このところ夕飯はカレーうどんが続いている。いささかオタク気質であるナツは、一度はまるとつい探求したくなってしまうのだ。料理はナツの趣味であり、やや実験がかっているといおうか、レシピ本に従って新しい料理を作るのではなく、それまでも食べてきたような品に具や調味料などでさまざまなアレンジを試み、ベストな組み合わせをみつけるのを楽しんでいる。

「ひとりなのによく作りますね」

区役所に勤めていたとき施設管理課で席を並べた女性は、お昼にナツの弁当を見て言った。卵焼きに凝っていた時期で、その日はちくわと三つ葉を混ぜてまとめていた。

「私、子どもの弁当があるからやってますけど、ひとりだったら絶対作りません。面倒くさくないですか」

いやいやいやと、ナツは心でかぶりを振る。家族は持ったことがないのでわからないが、ひとりだからこそ作る気がわく。一週間毎日卵焼きでも、誰にも文句を言われない。食べたいものを食べたいように作れるほどの贅沢《ぜいたく》があろうか。

今のカレーうどんもそうである。好きなことを好きなようにできるのはひとりの特権だと思っている。でなければ六十八歳の今日までに少なくとも一度は結婚していた。固太《かたぶと》りの大柄で、初対面の男性には恐がられがちでも、若いときはまったく声がかからないわけでもなかったのだ。

できたてのカレーうどんを居間のテーブルへ運んで、

「いっただきます」

丼へ顔を近づけると、眼鏡が再びくもる。胸の前のペンダントがスープに浸《つ》かりそうになり、外して丼の傍らに置いた。プラスチック製の黄色いペンダントで、形は神社やお寺のお守りに似ているが、大きさと厚みはお守りよりもう少しあり、前面に二つ、赤と青のボタンがついている。

味見でうなずいたスープは、麺とともにすすってもつくづく美味しい。有名シェフをしのぐとは私って天才じゃないかしらと思う。玉葱をとろっとろに炒めたのが勝因だが、次回はふつうの葱に替えてみてもいいかもしれない。より和風になる。玉葱より甘みの少なくなる分は砂糖を……。

「いけない」

時計を見て慌てた。食事の支度に時間をかけすぎた。フィギュアスケートの放送が始まってしまう。

料理と並ぶナツのもうひとつの趣味はフィギュアスケートのテレビ観戦だ。主要な国際大会のシリーズは十月の第一戦を幕開けとし、第七戦まで続いた後、年末には各国の選手権が行われ、三月の世界選手権がフィナーレとなる。その第一戦が他ならぬ今夜、しかもナツが「推し」にしているイギリスのリウという男子選手が出場する。

三年前、十八歳で国際大会に初出場したとき、選手紹介のアナウンスで聞いた国名と、氷の上に現れた青年の見た目のギャップにナツはとまどった。少年と呼びたくなるような、細く、か弱そうな体つき、黒髪のおかっぱ頭、切れ長の目の童顔。竜、劉、柳？　漢字でどう書くかわからないが、いずれにせよリウは、イギリスを代表しながら東洋にルーツを持つ選手に違いない。

演技が始まり目を引いたのが、滑りそのものの美しさだ。西洋人の選手には、ガリガリと力まかせに氷を掻《か》いて加速する選手が多いが、リウ選手はひと蹴りにすばらしい推進力があり、音もなくスピードに乗っていく。カーブではスケートの刃をこれ以上ないくらい深く傾けても倒れず、氷と刃が一体化しているかのようだ。長年フィギュアスケートをウォッチしてきたナツに、滑りの質は群を抜いていると思わせた。

しかしその静けさと華奢《きゃしゃ》な体つきのため、男子選手の中ではどうしても迫力を欠いて見えてしまう。筋力が劣ることもあってかジャンプの高さも出ず、演技後に会場とテレビで発表される得点はいつも伸び悩んで、

「ウッソー、なんでこんなに低いの」

とナツは憤慨してしまうのだ。

テレビ観戦の際パソコンを併用するスタイルになったのも、得点への疑問からである。演技後しばらくすると得点の詳細な内訳表が、大会ホームページに掲載される。内訳表を見ると、ジャンプが回転不足とされていたり、出来映えによる加点がついていなかったりで、合計すれば確かに発表されたとおりの点数にはなるが、なおも釈然としないものが残る。内訳表では、複数いる審判のうち何番の審判が何点をつけたかもわかり、同じ審判がリウ選手と似たタイプのアメリカ人選手のジャンプに出来映え点をつけていると、フィギュアスケート大国の思惑を感じてしまう。リウ選手の立場からいえば、天与《てんよ》の才に恵まれながら、フィギュア小国のイギリスに縁を持った悲しさだ。フィギュアスケートウォッチャーでない人には単なる数字や記号の羅列《られつ》の内訳

表が、料理の実験結果と並ぶナツの喜怒哀楽の……フィギュアスケートに関しては主に怒哀の源泉となっている。

パソコンを持ってきて、丼をさげたテーブルに据える。

「よし！」

観戦にあたり、再び黄色のペンダントを首から下げた。


これは緊急通報用のペンダントで、商品名は「幸せお守りペンダント」である。壁に取り付ける「幸せお守りパネル」とセットをなす「幸せお守りサービス」という警備会社の商品だ。

九月の防災の日に向けた、マンションの管理会社からの紹介キャンペーンとして、初期費用を二千円引きで販売するというチラシが入ってきたとき、ナツは迷わず申し込んだ。

四十代で購入した2LDKのマンションでひとりを満喫しているナツの気がかりといえば、家にいて急に具合が悪くなることだ。これまで大きな病気をしないできたが、定年前に受けた最後の職場健診で不整脈を指摘されている。規則正しく打っている脈が、たまに一拍空くそうだ。言われてみれば胸がドキドキすることがある。

危険性はないので治療しなくていいと医師は言ったが、定年して家にいる時間が増えると、そのときの指摘をよく思い出すようになった。週に二日、区の図書館へ軽作業のアルバイトに通っているものの、勤めていた頃に比べれば、家にいる時間は圧倒的に長い。この歳までひとりできたから、孤独死はあり得ると思うものの、避けたいのは人がいれば救急車を呼んでもらって助かったのに、通報できないばっかりにその機を逸《いっ》してしまうことだ。

「幸せお守りペンダント」は、前々から新聞広告で知っていた。図書館のアルバイトの作業のひとつに、新聞の閲覧用のラックへの出し入れがある。図書館では一般紙やスポーツ新聞、外国語の新聞などを多種類取っており、日々届くそれらをラックに挟み、一日が終わると切り抜きなどの事故がないかを点検して保管棚へ移す。

点検のためめくっていて、たまたま目に入った新聞広告の写真には「ご愛用歴十二年」という「T様（七十三歳）」が、首から下げたペンダントに触れるやわらかな笑顔があった。「急な腹痛で動けなくなったとき、看護師さんと話せて本当に助かりました」とのコメントとともに。頭頂部の薄いボブヘアの女性であった。プロフィールにある「七十三歳」から「ご愛用歴十二年」を引き算し、自分ももうこういうものを使うことを考えていい適齢期なのだと、ナツの印象に残った。

忘れもしない、リウ選手が国際大会にデビューし二年目のある晩、夕飯をすませてしばらくすると胃のあたりがムカムカしてきた。その日の試合でも不当に下げられた得点のせいで胸くそが悪いのではなく、ほんとうにゲップをしたくなる。お腹が妙に張って苦しく、息を詰めるようにして耐えていたら、額に脂汗まで滲んできた。お腹を圧迫する姿勢がよくないのかと、椅子から暖房中の床に降り体を伸ばしてみたものの、痛さですぐ「く」の字になってしまう。

大きな病気をしたことのない人間は、ちょっとした異変に弱い。病気について基礎知識がないので、悪い方へばかり想像がふくらんでしまうのだ。その夜にナツのまず考えたのは、胃に穴が空くと聞くけれど腸にも空くことがあるのだろうか、というそれだった。

考えたらドキドキして、今度は不整脈の不安にとらわれた。危険性はないと医師は言ったものの、こうドキドキが続くようでは……心臓が止まる前に救急車を呼ぶべきか。

「く」の字でお腹を押さえながら呻《うめ》いていて、硬いものが奥の方に触れる感じがした。もしや便がつかえていたのが、体を伸び縮みさせたり床暖房で温められたりするうち、うまいこと肛門へ移動しはじめたのでは。思い起こせばこの数日間出ていなかった。前かがみのまま這うようにトイレへ行き、いきんでみると、確かに出口付近でひしめき合っている。目をつぶり歯を食いしばって、肛門も裂けよとばかり力を込めると、ようやくひと粒転がり落ち、碁石を壺に投げ入れたような音が尻の下でした。

それからもカツーン、カツーンという断続的な響きを三十分ほども聞いていただろうか。音が途絶え、壁に手をつきながら立ち上がると、洗面所の鏡に映った自分は、精も根も尽き果てたようにやつれて見えた。

その体験はナツにこたえた。便秘で救急車を呼ぶところだった危うさ、もっと正確には、便秘ひとつであれだけパニックになる自分の脆《もろ》さを知ったのだ。過ぎてしまえばただの便秘でも、その最中は自分の体に何が起きているかわからず、不整脈と結びつきとてつもなく怖かった。

図書館で新聞を点検していると「幸せお守りサービス」の広告はしょっちゅう載っている。ナツの目がより留まるようになったのかもしれない。そのたびにめくる手を止め、見入ってしまう。ペンダントに「緊急」ボタンだけでなく「相談」ボタンのあるのが、ナツには合っていそうに思われる。「緊急」は押すと警備員がただちに駆けつけるとともに、一一九番なり一一〇番なりに通報される。「相談」はそれより前の段階といおうか、看護師さんと話せて、必要であれば救急車を呼んでくれるという。

壁の「幸せお守りパネル」は電話回線に接続されていて、パネル上の「緊急」「相談」のボタンを押しさえすれば、スピーカーを通じて話せるそうだ。ペンダントはパネルと無線でつながっており、家の中のどこでもペンダントのボタンを押すだけでやはり話せるという。

便秘以後ますますペンダントが気になっていたナツにとって、この秋のキャンペーンは渡りに船だった。

けれど見逃していたことがあった。ペンダントの色である。

「ペンダントが付いてくるのはありがたいんですけど、色はなんとかならないんでしょうか」

設置工事に来た業者に、ナツはついこぼした。

新聞広告はモノクロだった。だからキャンペーンの申し込み後に送られてきたパンフレットで、黄色と知った。

現物を見ると黄色も黄色で、子どもが風呂に浮かべて遊ぶアヒルとか縁日で売られるタイガーマスクのお面のような、おもちゃめいた黄色である。プラスチックの安物感とあいまって、いい大人が身に着けるものに思えない。

「せめてパネルと同じ色とか」

ボタンは同じ赤と青でも、パネルの方は本体が白なのだ。黄色の上に赤と青のボタンが載っているのは、印象がまったく違う。言うまでもなく赤が「緊急」、青が「相談」である。

「なじまない方がいいんですよ」

居間の壁の電話回線のジャックにケーブルを差し込みながら、業者は言った。「実際、通報の来るときはパネルよりペンダントからの方が多いんです。風呂の出入りとかトイレでいきんだりとかで、血圧が急に上がり下がりするのがよくないみたいですね。風呂の中って実は危ないんです。入浴中の事故って交通事故より多いんですよ」

区役所の先輩にも、風呂の中で亡くなった人がいた。

「そのときパッと目につくよう、違和感があるくらいの方が。せっかくだから身に着けて下さいね、あっ、もちろん押すようなことがないのがいちばんですけど」

饒舌《じょうぜつ》すぎるとも思われる業者は、ペンダントの白い紐をナツの方に向けて置いていった。

＊

「見た？」

国際大会の第一戦があった週末が明け、月曜のごみ出しで会ったカズヨが言った。

ごみの集積所はマンションの集合玄関から、駐車場に沿って少し歩いた先にある。総戸数八十と敷地はやや広いものの、外壁はセメント色のタイルを張った、とりたてて特徴のないマンションだ。

集積所の前で、こちらを向いて立っていたようすからして、ナツの来るのを待っていたと思われる。小柄な体にグレーのジャンパースカートを着た姿は、うんと遠くからだと、女子高生のように見えなくはなかった。

「見た」。近づいてナツも即答する。週末のテレビ放送のこととすぐに通じる。「酷《ひど》かった」。ごみ袋を置いて話しはじめる。

ナツのごみ出しの時間は決まっている。当日朝の九時までに出すようマンションで取り決められている、その九時の三分前に家を出る。勤めていた頃の習慣で今も七朝には起きており、九時には余裕で間に合うが、次の収集日まで家に置くごみをなるべく少なくしたく、直前に持っていく。残り三分を切ると、エレベーターの状況によっては九時を過ぎてしまう恐れがあり「できるだけ遅く」と「でも確実」が折り合うとナツが思うのは三分前で、そうと決めるとずっと三分前になるのが、ナツのややオタクの気質のなせるところだ。九時を過ぎたからといって収集そのものに間に合わないわけではないけれど、規則は守って堂々としていたいのが、ナツの性分でもある。

カズヨの歳は知らないが、自分より少し上だろうとナツは踏んでいる。女性の歳は肌より髪に現れる。茶色く染めた髪を顎のあたりでふわりとさせているものの、ハリ、コシのなさは隠すべくもない。服装は若作りというより、ちょっと美大とかデザイン学校ふうの趣味の入ったもので、ユニクロのセーター、ユニクロのパンツのナツには、どこへ行けばそんな服が売っているのかわからない。

同じマンションに住むカズヨがフィギュアスケートウォッチャーだと知ったのは、三年前、理事会の役員を共に務めてからである。役員はマンションの所有者から毎年くじ引きで決まる。女性で理事会に出てくるのは、たいてい夫の代理だが、カズヨは本人が所有者となっており、自分と同じくひとりものと推察された。それまではエレベーターなどでたまに一緒になる程度だった。

役員には勤め人もいるので、理事会は平日の夜か土日に、マンションの近くにある区のコミュニティーセンター、略称コミセンの会議室で行われる。壁のクロスにも天井の照明にも老朽化の感じられる建物だ。

役員にひとり話の長い男性がおり、ある晩の理事会ではナツはとりわけイライラして聞いていた。いつももうすぐ終わるタイミングで、予定にない提案をする。この日も近くの幼稚園が閉園になるので、マンションから児童へはなむけの鉛筆を贈ろうと言い出した。

「修繕積立金の将来的な不足が懸念される中、不要不急の出費ではありますが、幸い、もとい残念なことに少子化のため、児童の数は少なく、従って鉛筆代も多額とはなりません。地域の住人に愛された記憶は、小学校に上がってその鉛筆で勉強するたび、子どもたちの胸によみがえることでありましょう」

照り輝く頭頂部にいく筋かの髪を載せたその男性は、熱弁をふるっている。十年余り前に定年退職するまで区立中学の校長だったことは、本人が何かというと話題にするため、役員の皆が知るところだ。

「多額とはならないと申せども、そもそもこの事業の価値はお金に換えられないものであります。子どもたちは地域の宝、そして教育とはたとえこの先子どもたちの境遇が変わるようなことがあっても、けっして奪われることのない財産なのです」

自分の言うことに感極まり、声を潤ませている。

机の下でナツは何度も腕時計に目をやり、途中からはあからさまに壁の時計を見上げた。フィギュアスケートの放送が始まってしまう。その年国際大会のシリーズにデビューしたリウ選手が、最終戦へ進めるかどうかがかかる試合だ。理事会の予定終了時間では、放送開始に間に合うはずだったのに、元校長のせいで危うくなっている。

そのとき同じ机の下で小刻みに踵《かかと》を鳴らし、その音をしだいに高くしているのがカズヨだった。聞こえよがしに咳払いしたり、ハア～とはっきり声に出して溜め息をついてみせたりする。

理事会が終わると徐《おもむろ》に帰り支度を始める人々を置いて、挨拶《あいさつ》もそこそこにナツはコミセンを飛び出した。追うように走ってきたのがカズヨである。無言のまま競い合うかのような早足《はやあし》で信号へ向かう。マンションへは交通量の多い通りを渡らねばならない。

直前で赤に変わって、カズヨは舌打ちした。こちらへ向くともなく言うことには、

「さっさと決を採ればいいのにホンットに話が長いんだから。老害ってヤツね」

理事会では常に大人しいカズヨだが、もの言うときは歯に衣着せぬ人らしい。

ナツも同調し、

「元校長先生ですものね。自分ひとり訓辞を垂れてる状況に違和感がないんだわ」

「あんだけ熱く語るんなら、鉛筆くらい自分の金で贈……」

カズヨが言いかけたところで青に変わり、再び早足で歩き出す。

エレベーターホールでまたも足止めされて、

「まったく、こっちは見たいテレビがあるのに」とカズヨ。

「私もです」

エレベーターに乗り込みカズヨが叫ぶ。

「三分前！」

「もしかしてフィギュアスケートですか？」

急ぐ理由が符合してピンと来たナツに対し、

「そ。リウちゃんのファン」

誇らしげに答えたところで三階に着き、脱兎のごとく降りていった。ナツは五階だ。

「リウ……ちゃん？」

デビューしたての、しかもフィギュア小国の選手に注目している人が他にもいるとは、それも「ちゃん」呼びとは意外だ。その晩の放送が終わるや、カズヨが電話してきた。驚いたのは束の間で、そう言えば携帯電話の番号は役員間の急な連絡用に共有している。

「見た？　リウちゃん」

「見ました！　惜しかった。最後のジャンプで転倒するなんて」

「最後の？　最初のでしょ。あれはいいの。難しいジャンプに挑戦してるんだし。それより衣装替えてきたじゃない。あの衣装、タンゴにぴったり！」

「タンゴ？」

リウ選手の使用曲はクラシックだ。

「リウちゃんて、もしかして佐藤選手？」

「他に誰がいるのよ。昔からのファンはみんなリュウちゃんて呼んでるわ」

日本のベテラン選手、佐藤隆次のことだった。世界選手権に十回以上出ており、日本人初の優勝後、いったんは引退を表明したものの撤回したエピソードを持つ。「リュウちゃん」のステップがいかに魅力的か、歳とともにいかに円熟味が増しているかを、カズヨは得々《とくとく》と語って、気がつけば三十分近く経っていた。

それからというもの、週末となると電話してきて「リュウちゃん」の話をする。その日の彼の出来について、彼の出なかった試合でも他の選手の演技をことこまかに評し、それと比べて「リュウちゃん」がいかに素晴らしいかの話になる。主要な国際大会への出場機会は、シーズン中せいぜい五回くらいだが、他にも小さな競技会が世界のどこかしらで毎週末のように行われており、選手は試合勘を失わないよう、それぞれのペースで参加する。ひとつの試合で、初日、二日目、上位に入ると三日目に公開演技と計三回滑るため、カズヨの電話も三日連続となる。そのつど三十分も「リュウちゃん」話を聞かされてはかなわない。

あるときナツははっきりと言った。

「悪いけど、電話は急ぎのときだけにして下さい」

ひとりでも暇を持て余しているわけではない。むろん勤めていたときと違って今のナツには時間はあるが、したいことに使いたく、どうでもいい話に付き合う時間はないのである。

断ったために気まずくなっても構わないと思った。八十戸もあるマンション、それまでだって付き合いがあったわけではないのだ。

が、カズヨは特に変わった様子はなく、試合後には電話に代えてショートメールを送ってくるようになった。ごみ集積所やエレベーターホールなどで会うと、じかに話す。試合結果には思うところの多いナツだから、立ち話にはつい応じる。

それと知っていて、この月曜も待っていたのだ。

「あの放送、ほんと酷い」

カズヨが憤っているのは、コマーシャルへの切り替えの際、提供社名がリュウちゃんの顔に被《かぶ》ったからだ。演技前の練習のようすを映していた。

「練習だって、リュウちゃんのスケートが見られる貴重な機会なのよ。顔を隠してどうする！」

「ふーん」

　ナツは共感しにくい。リウ選手に比べれば、練習のようすを放映することからして特別扱いだ。日本のテレビは日本の選手偏重《へんちょう》で、日本の選手については過去の試合やインタビューまで流すのに、それ以外の選手の扱いはほんとうに軽い。週末の試合に至っては、リウ選手はついに演技そのものすら放送されなかった。

「でも、足元はちゃんと映ってたじゃない」

　つい言うと、

「スケートは顔よ！」。カズヨは言い放った。「フィギュアスケートは見せるスポーツでもあるんだから。アートの要素もだいじなのよ」

　アートって顔芸じゃないでしょう、と反論したかったが、話がそこへ行くと険悪になるので黙っていた。フィギュアスケートでは採点が公平かつ正確に行われているかどうかに強い関心があると、前に話したとき、

「公務員気質ね」

　と揶揄され、著《いちじる》しく気分を害したのである。それでも放送についてともに罵《ののし》れる

のはカズヨだけだから、いいとこ取りで付き合うことにした。

　頭上の電線にカラスが止まっている。収集日の朝はいつもこうだ。

　ナツの胸元に視線が来る。黄色のペンダントを外さずに出てきていた。

「ところでそれ」

「それがあの、幸せペンダント？」

　キャンペーンのチラシが配布されたことがあり、その際にはカズヨも考えていると言っていた。

「幸せお守りペンダント」。正確さを好むナツは、商品名を言い直す。

「どう？」

「まだ実際に押したことはないんだ。身に着ける習慣をつけているところ」

　言葉を交わしはじめて三年、ナツもタメロになっている。

「私はもう少し先に申し込むことにした。そのときでもキャンペーン価格で取り付けてくれるって。業者さんに交渉したの」

「寒い時期の方がよけい欲しくない？　私はほら、不整脈持ちだから」

「冬の間はリュウちゃんにいろいろお金がかかるから」

「リュウちゃんに?」。つい「ちゃん」づけしてしまった。

「リュウちゃん今シーズンで引退すると思うのよ。三十四だし、今シーズンはジャンプがどうもイマイチだし。このままだとたぶん世界選手権に進めない。年末の全日本が最後になると思うのよ」

湿った息をつく。伏せた睫《まつげ》は、さきほど「スケートは顔よ!」と言った攻撃的なようすが嘘のようにしおらしく、その振れ幅の大きさからして、フィギュアスケートという共通の話題がない限り、ナツにとってはやはり友だちになれそうにない人だった。

「全日本選手権は絶対行く。最後の試合くらい現地で応援してあげたいの。今シーズンの全日本はよりによって札幌《さっぽろ》なのよ。冬の北海道なんて観光シーズンでしょ、飛行機代、ホテル代。チケット代と合わせるといくらかかるか。たまたま七十歳で出る生命保険のお祝い金があるからよかったものの」

「えーっ」

ナツは驚きの声を上げた。七十にもなって現地観戦なんて。ナツだったら、たとえリウ選手が東京の試合に来ても行かない。

現地観戦には五十代のとき行って、この先は無理と悟った。チケット代が、年金生活者にはかかりすぎることもあるが、それ以上にトイレ問題だ。高齢だとただでさえトイレが近くなる上、氷上の競技なので会場は寒い。しかも誰もが推しの選手を見たくて来ており、演技中に前を通ろうものなら二度と戻れないだろう。わずかな整氷時間に行くことになるが、そのときは他の観客も殺到して、すでに何重にも曲がる列ができており、われ先に走る体力、列に立ち続ける体力が、自分にはもうないと知った。あれをやろうと思うエネルギーがどこにあるのかと、カズヨの小柄な体をしげしげと見てしまう。

――ごみは分別して決まった曜日の朝九時までに集積所に出しましょう。

収集車のアナウンスが聞こえてきて、電線のカラスがゆっくりとはばたいた。

国際大会のシリーズは、一戦また一戦と重ねられていった。その間に小さな競技会も行われていた。佐藤隆次選手の調子の上がらないのと反比例して、放送中に割かれる分数は上がっていった。引退はもはや既定事実であるかのように過去映像を流し、アナウンサーと解説者、ときに芸能人までが回顧する。彫りの深い顔立ちと、男の色気を前面に出す振り付けと衣装で、フィギュアスケートに多くのファンを呼び込んできた大ベテラン。全日本選手権のチケットはたいへんな争奪戦になると報じられている。

シーズンが進むにつれ、放送はエモーショナルなものとなっていった。

カズヨの口調も同様だ。

大会の後の週明けのごみ出しでは、必ず待ち構えている。この頃の朝は寒く、集積所へ歩く間もコートを着るほどにもかかわらずだ。

幸せの黄色いペンダントは、コートの下に隠れるようになった。電柱にはモズの贄《にえ》らしき黒い影がいつの間にかひっかかっていて、少し不穏だ。

「見た？」

先回は集積所の前に立っていたカズヨだが、今回はナツを認めるや向こうから近づいてきた。話したくてたまらないようだ。

「見た」

「リュウちゃんのあの得点は酷くない？　三位の選手よりどう見たって上だわよ。ジャンプがどうのといわれてるけど、今回はちゃんと回りきってたのに。審判の目、節穴よ」

「点数の内訳表が大会ホームページに出てるよ」

「もうじきいなくなる人より、これからの人を表彰台に乗せようってことかしら。長年フィギュアスケートに貢献してきた人なのに酷くない？　引退が取り沙汰されるようになってから、不当な採点、絶対増えてる」

「内訳表、ホームページで見てみれば」

冷淡に応じていると、

「それとお宅のリウ選手、あの衣装は問題よ」

ナツの推しの選手に矛先を向けてきた。

「顔が小さいからプロポーションなら韓流スターの線を行けるのに、衣装で台無し。単なる黒のTシャツ、トレパンじゃない。衣装忘れて練習着で出てきたかと思ったわよ。フィギュアスケートは見せるスポーツなんだから、衣装だってアートのうちよ」

ナツに言わせれば「リュウちゃん」の衣装の方が問題である。情熱のタンゴに合わせ赤のフリルのドレスシャツだが、襟の開きが深すぎて、上半身を大きく使うと胸毛が覗く。胸毛の露出はルールで禁じられており、厳密に適用すれば減点だが、佐藤選手の内訳表を見ると引かれておらず、不当どころかむしろお目こぼしされているのだ。

言うと十倍は返ってきそうで、言わずにおく。

そうしてだんだんに相手するのが面倒になり、ごみ出しの時間をずらすことにした。

数週間が過ぎた。パソコンの接続を確かめ、空にしたひとり用土鍋をさげる。カレーうどんの探求は一段落し、このところはキムチチゲに移っている。カレーうどんほどにはいろいろと試しておらず、キムチの銘柄はずっと同じ、具にもバリエーションがない。

フィギュアスケートのシーズンが進むにつれ、心にゆとりがなくなってきた。放送が終わってキッチンへ戻ると、水を入れ忘れた土鍋のへりに、唐辛子の赤い破片が乾いてこびりついていたりする。

今シーズンのリウ選手の点の下げられ方は、公平、正確をよしとするナツには看過《かんか》できないものがある。高さのないジャンプが加点されないのは仕方なくても、ジャンプの踏み切りをエラーとし減点されているのには、

「ウッソー」

パソコンの前で声を上げた。審判の目が節穴とは、リュウではなくリウの採点にこそ言いたいことだった。

フィギュアスケートウォッチャーの中には疑念を呈する人がいて、採点後ほどなく

検証画像をツイッターに上げてくる。今シーズンも高い点を出しているアメリカの東洋系選手との比較動画で、並べてみるとそちらの選手の踏み切りの方がよほど怪しい。

いつしかテレビ、パソコンに加えてスマホも同時視聴するのが、ナツの観戦スタイルとなった。テレビでリプレイを確認しながら、パソコンで内訳表と照らし合わせ、ツイッターをスクロールし続ける。むろん擁護《ようご》コメントばかりではない。

「貧乏くせー衣装」

「ジャンプ、低」

「女子かよ」

「この踏み切りのどこがエラー？」

「五番審判、買収疑惑」

「来た、すぐ陰謀論を言うヤツ」

リウ選手を下げるコメントに憤り、審判を下げるコメントに溜飲を下げ、両目、両手を動かしどおしで気持ちも乱高下《らんこうげ》する忙しい時間が、この頃のナツのフィギュアスケート観戦なのだった。

ある晩のこと、観戦中に頭がボーッとしてきた。なにげなく頬をさわると熱い。このほてり、何？

洗面所へ行くと、右の白眼が朱《しゅ》でも流したかのようにべったりと赤くなっている。何、これ？　まさか脳の血管が切れたとか？

とたんに動悸《どうき》が激しくなった。どきんどきんと打つ脈が、胸の内側に響くようだ。心臓がどうかしないだろうか、その前に脳が？

鏡の自分にペンダントの黄色があった。手にとって見つめ、青のボタンを強く押す。

「どうされましたか」

即座に女性の落ち着いた声が聞こえた。壁や天井に目を泳がせ、

「あ、もしもし、もしもし、聞こえますか」

「聞こえていますよ。どうされましたか」

「あの、テレビを見てたら急にボーッとなって、ドキドキしてきて、鏡を見たら目が真っ赤で」

図書館で何ごとかを訴える小学生のような、稚拙な説明になってしまった。

「手足はふつうに動かせますか。しびれやまひは」

中年の看護師らしき女性の声は穏やかで、むしろ場違いにのびやかにもナツには感

じられる。

「ないです、ふつうに動かせます」

「お話はふつうにされてますね。吐き気は」

「しません」

「お痛みは。頭、胸、背中」

「ないです、頭はボーッとしますけど痛くはなく」。答えれば答えるほど、何がどうということなく、じゃあなんで通報したんですか、となりそうで、

「不整脈があるって、前々から言われていて」

と付け加えた。

「脈はさわれますか。一分間いっしょに数えましょう」

目をつむって息を整え、指先に集中する。八十三だ。

「とんでましたか」

「いえ、とんではなかったです」

「血圧計はそばにありますか」

居間のテレビの下だ。

「急がないで、ゆっくりでいいですよ。血圧計の前に座ったら、五、六回ゆーっくり

深呼吸して」

居間に移り、椅子に座って、言われたとおり大きく吐いて吸う。

一回目の測定ではやや高く百三十二、二回目は百二十でほぼふつう。脈拍も七十台に下がっていた。

「ご気分はいかがです」

ボーッとする感じはなくなり、ドキドキも収まっている。

「血圧が一時的に上がったのかもしれませんね。何か驚いたり興奮なさったりすることがありましたか」

「興奮……」

確かにしていた。

「あっ、でも目が赤いんです」。痛くも痒《かゆ》くもないので鏡を離れたら忘れていたが、それがボタンを押すきっかけだった。

「もしかして脳の血管が切れたんじゃ……」

「目の毛細血管が切れたものと思われます。よくあることです。乾いた目をさっと動かしたりする拍子に擦《こす》れて。あるいは、のぼせたりとかして。結膜下出血といいます。ひらたく言うと目の鼻血のようなものです。心配なものではありません」

またいつでも押すように言われて「相談」は終了した。

以来、観戦スタイルをナツは改めた。パソコンで内訳表を見るのを主とする。ツイッターを追うのは止める。テレビは録画し、大会ホームページで結果を知ってから、参照のため再生する。

初の通報は、要するに頭に血が上ったためであった。テレビ、パソコン、スマホ、三つの同時視聴は、六十八歳、不整脈持ちの体には負担がかかりすぎ、ひとりものにはリスクでもあった。推しの選手のことで興奮して血圧が上がりました、は恥ずかしいし、それでももしものことがあったら残念すぎる。

ペンダントのありがたさは身にしみて、わずかな年金とアルバイト収入から月々払っておいて良かったと、しみじみ感じた。あれほど嫌がった黄色も、悪趣味とはもはや思わず、むしろ目にふれるたび、スピーカーでつながった瞬間の、助かったという気持ちがよみがえり、すすんで手にとり好ましく眺めることすらあった。広告の写真に出ていた「ご愛用歴十二年　T様（七十三歳）」の愛おしそうにペンダントに触れるしぐさは、やらせではなく心からのものに違いないと、ナツは信じることになった。

それからというもの、トイレに入るときは、下げていることを必ず確かめ、風呂へもスマホ用防水ケースで持ち込み、垢すりタオルなどを掛けているポールに吊るすようにした。シャワーを使っている間も湯気の向こうに黄色が見えると、ほっとするのだった。

髪を洗ったある晩、風呂を出てドライヤーを手にしたところで携帯電話が鳴った。慌てて老眼鏡をかける。カズヨからだ。

電話は急なときだけと断って以来、初めてである。

「あの、夜分ごめんなさい、ちょっとお願いがあるんだけど」。妙に優しく下手《したて》の口調だ。「幸せのペンダント、貸してほしいの。私、今からいただきにあがるから」

「今から？」

ユニクロの防寒インナーの丸首シャツとステテコ、ペンダントの自分が、鏡の中にいる。

「貸すって、えっ、どうかしたの？」

「看護師さんとお話ししたいのよ。食事してたらなんだか具合が悪くなって、呂律《ろれつ》がよく回らないの」

「別に、ふつうに回って……」

ナツは気づいた。カズヨ本人ではない、カズヨのところに来ている誰かなのだ。

「お話しとか言ってる場合じゃないんじゃない？　呂律が回らないなんて普通じゃない、救急車を呼んだ方が」

「呼べるものなら呼んでるよ！」。急に威圧的になった。「呼べないから頼んでるんでしょうが！」

男性の声が受話器の奥の方で小さく呻いて、ナツは自分の勘が当たったことを知ると同時に、ただごとではないと思った。

「世間体とか構ってる場合じゃないでしょ、下手すると命に関わるのよ」

カズヨが押し黙る。

「その部屋で死なれたら警察が来て根掘り葉掘り聞かれるのよ！」

カズヨは無言のまま、電話はブツリと切られてしまった。

携帯電話を置き老眼鏡を外した後も、まだドキドキしている。むしろ動悸は速まるようだ。落ち着かねば。深呼吸し、とりあえずドライヤーを再び取る。

温風を当てながらも、葛藤した。あれだけ隠したがっているのはワケありの人なのだろう。救急車を呼べば氏名を訊ねられ、搬送先で手術ともなれば病院は同意を求め、家族に連絡を取ろうとする。それを避けたいのは、男性には妻がいて、カズヨとは世間をはばかる仲だとナツは推測する。そういう人に部屋で倒れられたカズヨに、ペンダントを貸さなかったのは不人情か。いや、不人情も何も、この家でないと無線は通じず、持っていったところでおもちゃのペンダント同然なのだ、それを言って諭すべきだった。その道理を忘れるほど、カズヨもナツも混乱していた。

髪があらかた乾いてブラシで整える段になり、やはり知らんぷりもしていられない気がしてくる。ドライヤーを止めて耳をすますが、救急車のサイレンはない。

「まったくもう、何グズグズしてるの」

フリースの上下を着込みダウンコートに袖を通したところで、サイレンが聞こえた気がして、窓へ駆け寄りカーテンから覗くと、救急車が集合玄関の方へ曲がるところだ。廊下へ出、五階のエレベーターホールへ急ぐ。

上がってきたエレベーターは三階で停止し、そのままずっと動かない。トイレを待つときのように足踏みしていたが、踵《きびす》を返し階段へ向かった。

上りと違って下りなら、不整脈持ちの自分でも行けるのではと考えたが、無謀であった。気が動転しているところへ駆け出したのがこたえた。三階まで来たところで壁に寄りかかって息を整える。

「ハア、ハア……」

止まるとそのままへたり込みたくなる。心臓もさることながら、足がきつい。ボウボウに広がった白髪と脂気《あぶらけ》のない肌に、パジャマに等しいかっこうで、階段にうずくまらんばかりになっている自分は、もし誰か通りかかったら、家から抜け出しどこへ行こうとしていたかがわからなくなって途方に暮れた老人に見えるだろう。

歩を進めて廊下のようすを窺《うかが》うと、水色の服の救急隊員が出てきたところだ。はっと身を翻《ひるがえ》し、戻って階段で先回りを試みる。

どうにか一階までたどり着いたが、膝が自分のものではないようにガクガクし、エレベーターホールを前にしながらすぐに踏み出せない。集合玄関の方から救急車の赤い光が自動ドアのガラス越しに投げかけられ、ものものしい雰囲気だ。

「ハア、ハア……」

エレベーターの開く音がし、水色の服に囲まれたストレッチャーが現れ、自動ドアへと進んでいく。ストレッチャーの上の毛布から、横たわる臑《すね》がはみ出て見え、ナツは後ずさった。エレベーターホールの照明を受けて変に白く、黒々した臑毛が生々しい。男物の革靴を手にしたカズヨが、ストレッチャーに続いて現れた。コートのフードを目深《まぶか》にかぶり「人目につきたくありません」と全身で表している。

赤い光はエレベーターホールにとどまったまま、なかなか動き出さない。搬送先を探しているのだろう。自動ドアのセンサーにひっかからない端っこへ出てみると、救急車の周りに人影はなく、カズヨも乗っていくようだ。

いくら部屋は暖かいといっても、冬のこの時期、襦まで素足なのは食事中ではないだろう。風呂に入っていたか、それとも……。七十過ぎてそういう交際がまだあるとしたら驚きだ。

ナツの推測どおりなら、搬送先から男の家族へ連絡が行く。その先カズヨを待ち受ける修羅場を思い、ナツはまたドキドキした。

救急車はようやく滑り出し、赤い光が遠ざかる。サイレンを聞きながらナツは、コートの下のペンダントを固く握り締めていた。

＊

年が変わって一月末、ナツのフィギュアスケートシーズンは突然に終了した。三月に世界選手権がまだあるが、それを待たずに幕を閉じた。リウ選手の電撃引退によってである。

年末の全英選手権はライバル不在で難なく優勝、世界選手権への出場が決まっていた。ところが不動産会社を営む父が急死し、オンラインでビジネスを学びながら会社を継ぐことにしたというのだ。指導者としても振付師としてもフィギュアスケートに関わることは、もうないらしい。十八歳で彗星のごとくデビューした東洋系の選手は、少年から青年へ移り変わるときの「時分《じぶん》の花」ともいうべき美をファンの心の深くに残し、わずか三年間の競技生活で、惜しまれつつ氷上を去った。

「あれだけ露骨に点を下げられれば、フィギュアスケートの方が愛想つかされて当然だわ」

スポーツ面の片隅に小さく載った引退の報に、ナツはつぶやく。ナツのフィギュアスケート熱も急速にしぼんでいった。好きな競技に、好きな「公平と正確」が実現されなくなったなら、見てもストレスになるばかりだ。

今の若い人にはめずらしくSNSをやらないリウである。その先の消息が知れることはないものと思っていたら、驚きの続報が伝わってきた。十三歳年上のイギリス人女優と電撃結婚したのである。かねてより韓流好きを公言していた女優らしい。こちらの方が新聞での扱いはずっと大きく、カラーの写真が載っていた。女優のインスタグラムから取ったという写真では、髪をパープルに染めたリウが、女優と頬をくっつけ合ってウインクしている。

「似合わない、ぜんっぜん似合ってない」

韓流男優気取りの髪型になのか、寄り添う二人になのか、新聞に向かって毒づいた後、虚脱感にとらわれた。リウを推した三年間の喜怒哀楽、ほとんど怒哀に費《つい》やしたエネルギーを返してほしかった。

リュウちゃんこと佐藤隆次選手のシーズンも終わっていた。こちらは世界選手権へ進むことができなかった。年末の全日本選手権の前半戦は六位と、今シーズンの佐藤選手にすれば予想外の順位につけ、世界選手権への出場に望みをつないだ後半戦、直前の練習で負傷し、棄権した。

後半戦の放送をナツは家で見るともなくつけており、キッチンでペットボトルをつぶしていると、テレビから突然、会場の騒《ざわ》めきが聞こえた。何ごとかと居間へ行けば、氷の上に佐藤選手が伸びて、血が流れていた。転倒して頭を切ったらしい。

翌日はアルバイトの日で、図書館へ向かいつつ、今朝の新聞は各紙とも佐藤選手の引退を大きく扱っているだろうと予想した。開けてみれば紙面に躍っていたのは「現役続行」の四文字だ。本人も全日本で引退するつもりだったが、アクシデントによる棄権という不本意な事態に「このままでは終われない」と続行を決め、試合後すぐ記者に語ったという。

スポーツ紙では会場の様子やファンの声も詳細に報じていた。「泣いた叫んだファ

ファンの一夜　流血の衝撃から、歓喜の涙へ！」。会場には最後の試合を応援にきたファンが多く、転倒の瞬間悲鳴に包まれたが、会場を出たところで現役続行と記者から聞いて「ウソ？　デビューからずっと推し活してきたので、これ以上資金が続きません！　でもリュウちゃんのためなら何とでもします！」「老後のことはもう考えません。どこまでもリュウちゃんについていきます！」などの「うれしい悲鳴」が上がったという。ファンの写真の脇には「応援歴十四年、Sさん（七十二）」といったプロフィールが載っており、幸せお守りペンダントの「ご愛用歴十二年　T様（七十三歳）」を思い出させた。

キムチチゲは一段落し、日々のメニューも散漫になっていた。おでんを作り置きして飽きたり、スーパーの寿司を買ってみたらご飯が硬すぎて後悔したりだ。土鍋の季節はもう過ぎた。暦の上ではすでに春だ。

月曜の朝、カーテンを開けると空はよく晴れている。セーターだけで廊下に出、戻ってコートを着直した。外を歩くにはすぐそこまでであっても、まだコートがほしい。

エレベーターが四階で停まり、

「お早うございます！」

元校長が高らかな声とまっすぐに背中を伸ばした姿勢で乗ってきた。応じながらも朝はなかなかエンジンのかからないナツは、この人はいつも無駄に元気だと思った。

三階でまた停まり、各階停まりかとナツが溜め息をつくと、乗ってきたのはカズヨだ。救急車の夜の電話以来、ナツは言葉を交わしていない。顔を見るのもあの夜の後は初めてだ。

「お早うございます！」

元校長は朗々《ろうろう》とカズヨに声をかけ、彼の後ろでナツは、この人の元気もたまには役に立つなと思い直した。

元校長を挟む形で、集積所まで歩く。あれから男はどうなったのか気がかりだし、男とはどうなったのかと好奇心もあるけれど、知らない方がいいようで、胸中は複雑である。

雲ひとつない空のもと、元校長は饒舌だ。「この頃はカラスを見なくなりましたな。ごみが散らからなくて、いいことです。袋の口をしっかり結び、ネットをかけるといった地道な対策が功を奏してきたのでしょう」

機嫌よくなるのはわかる。歳をとると、空が明るいとか、風が穏やかとかそんなことに、悔しいけれど気分は左右されるのだ。エアコンも床暖房もある家で、寒さ暑さの影響のほとんどないはずの暮らしでも、例えば今朝、窓の外が春らしく晴れていただけで、心がほっと緩んだのを、ナツは認める。

「や、またプラごみを交ぜてる人がいる」

集積所まで来て元校長は眉をくもらせる。

「分別をしっかりするよう、理事会のチラシが入っていたばかりですよ。この道は幼稚園の子も通ります。子どもの範《はん》となるべき大人が情けない」

ナツは一瞬ドキリとした。幼稚園はもうないのだ。三年余り前の閉園の際にはなむけの鉛筆を贈ろうと熱弁を振るったのを、この人は忘れているのだろうか。理事会を共に務めたあの頃で定年から十年余りと聞いた。区立中学の校長の定年も、区の職員だったナツと同じ六十歳で、足し算しても今はまだ七十代半ばくらいだ。その歳で、この忘れ方は早すぎないか。認知症という言葉が頭をよぎる。

定年後、元気でいられる時間はそう長くないのかもしれないと、暗い気持ちになりかけて、いや、単なる勘違いということもあり得ると、ナツは小さく首を左右に振る。

ナツの思いをよそに、

「やや、宅配便の伝票がある!」。元校長はひときわ明るい声を上げ、「誰が出したごみかわかる、これは貴重な手がかりですよ」

うれしそうにごみ袋のそばへかがんだとき、カズヨが目配せを送ってきて、ナツは元校長をその場に残し、カズヨの視線について歩き出した。

マンションの敷地の反対側にある、小さな公開空地だ。条例により設けられていることが立て札で示され、植え込みやベンチが点在する。そのベンチの端と端に腰掛けた。

椿の木にヒヨドリが盛んに出入りして、花びらを散らしている。

「いつぞやは失礼」。やはりあの晩の話であった。

「こちらこそ」

ナツの方も後ろめたさが少しあるのだ。命の危機に瀕《ひん》しているかもしれない人に「死なれたら」云々《うんぬん》はさすがによくなかったかと、気がさしていた。

「生きているよ。あの晩うちにいた人は。察しがついてただろうけど、男」。ナツが聞く前に、カズヨは言った。「それも少々ワケありの」。付け足したカズヨのひとことからして、ナツの推測は概《おおむ》ね当たっていたらしい。「バレたらマズいことになるけど、警察沙汰だけは避けたいから、観念して救急車を呼んで、病院へ運んでもらってそのまま入院した」

乗るところをナツが見ていたのは、知らないようだ。

「軽い脳梗塞だって。二週間ぐらいの入院ですんで、後遺症もほとんどないみたい。呂律が回らなくて焦ったけど、あれは入れ歯が外れただけで」

「よかった」

それは心からの言《げん》だった。担架で運ばれていくのを目の当《ま》たりにしたのは、ナツの胸にじんわりと影響を残していた。食事とか風呂とかさっきまでふつうにしていた人が、急に倒れる。私もいつか担架に乗って、マンションの住人に怖々《こわごわ》と見送られる人になるのだろうかと、先々の自分をつい重ね合わせてしまうのだ。

「ご心配なく。今はもう縁は切れてるよ。うちへ来たのもあの晩が最後」

ナツの知りたいことに次々と先回りして答える。あの晩、搬送先から家族へ連絡が行って、駆けつけた妻とカズヨが対面して、といった長話が始まるものと思ったが、違った。その晩は妻の到着前に立ち去り、日を改めて入院中の彼を訪ねたという。そのときに愛想をつかす出来事があった。

妻が来ていないかどうか、ドア口から病室を覗き込むと、彼が看護師と事務員を前にお金の話をしているところだった。差額ベッドのこの部屋にいるのは、搬送されたとき大部屋に空きがなかったため仕方なくであり、よって差額を請求するのは不当であると主張している。

「搬送されたときはストレッチャーの周りの誰かれなしにすがりつかんばかりだったのに、助かったとわかるともう値切り交渉かって。しかも妙に横柄《おうへい》で、小ずるいのよ」

男はドア口のカズヨに気づいて「いいところへ来た」と手招きをした。

「この人は僕の秘書。救急車で運ばれてきたときの一部始終を知ってるから。今僕の言ったことの証人だから」

「誰が！」

言い捨てて踵《きびす》を返し、それきりである。

「迷惑かけたね、でも、つらい思いをさせたね、でもなく、いきなり秘書と来たのよ。笑わせるわよ、秘書を持つような柄《がら》かって。小さな男だとは付き合っている間も感じてはいたけど。すき焼きなんか絶対外で食べなかったし。しかも肉はいっつも私持ち。自分の買ってくるのは、しらたきとか葱ばっかり」

「だったらどこがよく……」

ナツは言いかけて、毛布からはみ出ていた生白い臑と剛毛が目に浮かび、再び細かく首を振った。

――ごみは分別して決まった曜日の朝九時までに集積所に出しましょう。

収集車が、椿の先を過ぎていく。

「リュウ選手、現役続行ね」

フィギュアスケートに話を向けると、

「あ、私、ファンを引退した」

「えっ……」

絶句した。これについては先回りを通り越し、予想を超えた答えである。

「札幌まで行ったのよ。全日本の後半戦だけチケットを死にものぐるいで取って」

最後と思うから大枚はたいて飛行機もホテルも取って「感動をありがとう」のバナーまで持っていった。演技が終わるや観客がさっと広げて掲げるのが、テレビ中継にもよく映る、旗のような横断幕だ。今シーズンのタンゴの衣装に合わせ、赤の布の周囲をラメのモールで縁《ふちど》取った。

会場入りし、いよいよリュウ選手の練習が始まろうというとき、スマホを落とした。手を伸ばしても届かず、座席の下に潜って取ろうとすると、辺りが悲鳴に包まれた。頭を起こそうとしてぶつけ、痛さに呻くカズヨに構う人は誰もなく、周りじゅう総立ちになり、やがてしくしくと泣き声が広がった。

そうして、リュウちゃんが流血したとわかると、氷がまがまがしいものに思われたのだという。リュウちゃんが出ないならいても仕方ないと、すぐに会場を後にして、現役続行を知ったのは、やけくそで奮発したホテルのルームサービスで二千円の塩バターラーメンをすすっていたとき、ついていたテレビでだ。

「その瞬間、熱が冷めたというか。感動をありがとうのバナー作っていったの、二度目よ。前にも一度引退を表明して、撤回してるから。振り回されるのはもういいって思った。これからは見る方じゃなく、やる方になる。アートを鑑賞するんでなく、表現する方になる」

「やるって、フィギュアスケート？」

「まさか。ダンスよ。ベリーダンス」

エジプトだかのダンスで、フィギュアスケートでときどき振り付けに取り入れられるため、ナツも知っている。アラビアンナイトをほうふつさせる透けた衣装で、お腹を出して踊る。

理事会をしていたコミセンで、週二回レッスンが行われているという。正月明けから行きはじめて二か月余り、いちども休まず通っているそうだ。

「指導に来る人は、結構名の知れたダンサーだったみたいよ。衣装まだ作ってないけど、腰に巻くスカーフがあるの。キラキラの鈴みたいなのがたくさんついていて、腰を振るたび気持ちよく鳴るの。ダンスは腰よ。腰、胸、肩と別々に動かして、体で曲線を描くのよ」

生き生きと語るカズヨをナツは少し羨んだ。壁クロスが変色し、節約して照明管も一本置きに抜いたあの薄暗い室内で、キラキラをつけて踊りたいとは思わないけど、推しの選手がいなくなった後、好きなことがみつからず、さえない日々を送っているナツより、ずっと先を行っている。

「男はもういいかな。私、割といつも、誰かしらいた方だったけど、いなければいないで、清々《せいせい》して快適ね。レッスンのない日もうちで練習してるのよ。鏡の前で腰を振ろうが何しようが、ひとりだと気がねがないし。おかげでウエストもだいぶくびれてきたみたい」

立ち上がってポーズをとると、カズヨのコートの前が割れて「幸せお守りサービス」の黄色いペンダントがちらと覗いた。

永《と》遠《わ》語《がた》り

坂井希久子

SAKAI
KIKUKO

和歌山県生まれ。２００８年「虫のいどころ」でオール讀物新人賞を受賞し、デビュー。17年『ほかほか蕗ご飯 居酒屋ぜんや』で髙田郁賞、歴史時代作家クラブ賞新人賞を受賞。主な著書に「居酒屋ぜんや」シリーズ、『泣いたらアカンで通天閣』『ヒーローインタビュー』『若旦那のひざまくら』『妻の終活』『たそがれ大食堂』『ハーレーじじいの背中』など。近著に『華ざかりの三重奏』がある。

一

三月とはいえ、早朝はまだ布団の温《ぬく》もりが恋しい。

目が覚めてからもしばらくは温もりの中でぐずぐずし、えいやと気合いを入れて跳ね起きた。

トレーナーの丸襟から突き出た首筋が、ひやりとした空気にさらされて、慌てて愛用の半纏《はんてん》を引き寄せる。昔ながらの、井桁《いげた》模様の久留米絣《くるめがすり》だ。熟練の職人さんが丁寧に手詰めしてくれた綿が、私の薄っぺらい体を包み込む。

それでも火の気がないと、足元が冷えた。寝室として使っている和室の襖《ふすま》を開ければ、板敷きのリビングだ。毛足の長いスリッパに足を通し、薪《まき》ストーブに火を入れる。

この扱いも、慣れたもの。着火剤として松や杉の葉を入れてやれば、容易に火がつく。はじめは細く切った薪を使い、庫内が充分に温まってから太い薪をくべる。

ストーブのガラス戸越しに赤々と燃え上がる炎を眺めるだけでも、強張っていた体がほぐれるようだ。少しばかり温まってから、土間に出しっぱなしのつっかけを履き、外に出た。

濃い緑と水のにおいを含んだ冷たい風に、頰の肉がきゅっと引き締まる。目の前には緩やかな山々の連なりがあり、朝靄《あさもや》に輪郭をぼやかせて、まるで水墨画《すいぼくが》の風景を眺めるようだ。瑞々《みずみず》しい空気で肺を満たし、うんと大きく伸びをする。

離島を除けば、ここは東京で唯一の村である。移り住んでからもう二十年以上が経つけれど、郵便物の宛て先が「東京都」になっていることに、いまだ違和感を覚えるほどの田舎である。

住まいは築年数不明の、平屋の古民家だ。集落からやや離れた山の中腹に建っているため、隣家はない。立川《たちかわ》のマンションに暮らす母には「女一人で危ないんじゃない？」と心配されるが、気をつけるべきは熊くらいのもの。人はまず、用がなければこんなところまでやって来ない。

先月で、四十八歳になった。同居していた叔父が他界してから、そろそろ六年。一人きりの侘《わ》び住《ず》まいには、とうに慣れた。

簡単な大工仕事も、車の整備も、家の中に入り込んできたゴキブリ退治だって、この手でできる。寂しいと感じることがまったくないわけではないけれど、それすら心地よく思えるほどに、静かで満ち足りた日々を過ごしていた。こうして夜明けの風にさらされていると、身の内に溜まった濁りが、少しずつ抜け出てゆくようだった。

コーッ、ココ。家の裏手から小さな鳴き声が聞こえ、我知らず閉じていた目を開ける。そうだった。厳密に言えば私は、一人暮らしではない。

ふかふかとした土を踏み、裏手に回る。緑色の金網が張られた建物が、鶏小屋《とりごや》だ。私が中に入ってもまだ余裕があるほどの高さに作られており、広さも充分なわりに、今いる鶏は三羽だけ。卵を取るのが目的なので、みな雌鶏《めんどり》だ。そのうち一羽は高齢で、ここ二年ほど卵を産んでいない。

卵を産まなくなった鶏を、叔父はつぶして肉にしていたし、私もそれを食べていた。だからそれに倣《なら》おうかとも思ったが、餌をくれる私に懐いて擦り寄ってくるその子の首を落とすのは忍びなく、すっかりペットと化している。

軟弱者だと、叔父が見れば笑いそうだ。でも他に食べるものがないならともかく、今のところ困ってはいないのだから、べつに命を取らなくてもよかろう。そんなふうに己に言い訳をして、この子たちを愛《め》でている。

だが私が雌鶏たちを生かしておきたくとも、野生動物の脅威がある。イタチにヘビ、タヌキにアナグマ。近ごろはアライグマも増えてきた。小屋に脆弱《ぜいじゃく》なところがあるとすぐさま食い破られるので、念入りに腐食具合をチェックする。特にアナグマは穴を掘って侵入するため、地中にはコンクリートブロックを埋めてある。金網のほつれや横板の割れなどがないのを確認してから、ドアを開ける。コッコッと鳴きながら地面をつついていた雌鶏たちが、よたよたと歩いて近寄ってきた。小屋に置いてある青いポリバケツは、餌入れだ。蓋《ふた》を開けて餌箱に流し入れてやると、競うようにして食べはじめる。

小屋の地面は籾殻《もみがら》や落ち葉を腐葉土《ふようど》と混ぜ合わせた発酵床《はっこうどこ》なので、頻繁に掃除をする必要がない。鶏が糞をして歩き回ることで微生物による分解が進み、これがいずれ家庭菜園の肥料になる。また鶏は野菜屑《やさいくず》や魚のアラといった生ゴミも喜んで食べてくれるため、田舎暮らしのよき協力者であった。

廃材を使って自作した巣箱を覗いてみると、今朝も卵が二つ、ころんと産み落とされていた。鶏の品種は体色が茶色のボリスブラウン。だから卵も茶がかっている。まだほんのりと温かいそれを、ありがたく頂戴することにした。

台所は土間になっており、料理をしているうちに体が冷えてしまう。ゆえに寒い時期の調理はすべて、薪ストーブに頼っている。昨夜《ゆうべ》の残り物のスープが入った鍋を、ストーブの上に置く。天板の一部が炉内《ろない》の熱をダイレクトに伝える素材になっているため、炒め物すらできるのだ。

鍋の横には、スキレット。そこにオリーブオイルを垂らし、充分に温まったところで産みたての卵を一つ割り入れる。じゅわっと小気味のいい音がして、白身がふつふつと泡立った。

天板にさらに網を置き、たくさん作って冷凍しておいたピタパンを一枚焼きはじめる。ほどよく焼けてきたら半分に切り、袋状になったところへチーズとハムを挟み込んだ。

チーズが溶けるのを待つ間に、気に入りの染付のお皿にレタスを敷き、プチトマトをあしらう。スープの具は、白インゲンとブロッコリー。沸騰しかけのそれを、お皿と揃いのカップによそう。浮き実として、みじん切りにしたユキノシタを散らしてみた。

最後にパンと目玉焼きを盛りつけると、ささやかながらも贅沢《ぜいたく》な朝食だ。屋外で食べるのもいいけれど、まだ少し寒いので、叔父が作った天然木のテーブルセットに料理を運んだ。

「いただきます」

を言う相手はいなくとも、毎度律儀《りちぎ》に手を合わす。目玉焼きには塩コショウ。新鮮なだけあって黄身がふっくらと盛り上がり、味も濃い。

半分に割ったときに黄身が辛《かろ》うじてお皿に流れ出さない程度の半熟が理想だけれど、やや火が入りすぎてしまった。でもこれはこれで、悪くない。

香ばしい焦げ目のついたピタパンサンドに齧《かじ》りつくと、溶けたチーズがとろりと流れ出てきて、舌を焼きそうになった。ほふほふと息を吐き、熱を逃がしながら口の中のものを噛みしめる。

小麦粉の代わりに米粉を使ったため、ピタパンの食感はもっちりしている。噛むごとにハムとチーズの塩気が混じり、食欲が刺激されてふた口、三口と食べ進めた。

パチパチと、薪の爆《は》ぜる音がする。スープを飲むとお腹の中まで温まり、「ふぅ」と小さく息をつく。

これが私の、モーニングルーティンだ。こうしてまた、新たな一日がはじまった。

さて今日は、梅の樹皮を煮出すとしようか。

一人暮らしで、会社に出勤する必要のない身の上である。だらけようと思えばいくらでも自堕落になれてしまうから、私は意識的に頭の中を切り替えた。

二

作業小屋は、薄ら寒い。

裏起毛のパンツに穿《は》き替えて、防寒防水を謳《うた》うブルゾンを羽織る。足元はトレッキングブーツ。私の持ち物はもれなく使い込まれており、くたびれた感じが体によく馴染む。

小屋は土壁が崩れかけた箇所もあり、そろそろ補修が必要だ。そこら中に灰汁《あく》や素材を溜めておくポリバケツがあり、傾《かし》いだ棚には明礬《みようばん》や銅線、釘や酢を詰めた段ボール箱が並んでいる。

素材の発する土臭さと、微かな黴《かび》臭さ。山には様々な香りがあるけれど、この空間に充満するにおいが一番落ち着く。叔父から引き継いだこの小屋をアトリエと呼ぶ人もいるようだが、そんなお洒落な呼び名をつけられると、お尻がそわそわしてしまう。

私の肩書きは、草木染め作家。取材を受けた媒体によっては、染色家と書かれることもある。どちらもいまひとつ、ぴんとこない。肩書きなんてのは便宜上必要とされるだけのものだから、べつになんでもいいという気もする。

さて、仕事だ。梅の樹皮は、昨日のうちに削《そ》いでおいた。ステンレスの大鍋に、染めたい糸の重さの三十倍にあたる水と材料を入れてゆく。それを火にかけ、じっくりと色を煮出すのだ。

花が咲く直前の紅梅の樹皮だけを煮出すと、ふわりと上気したような紅色が取れる。

そう教えてくれたのも、叔父だった。

叔父と父は、ひと回りも歳が離れていた。

だから私が生まれたとき、彼はまだ高校生だった。

当時私たち家族は父の実家からほど近いマンションに暮らしており、親が共働きだったこともあり、私は毎日のように祖父母の家に預けられていた。

私の最も古い記憶は、おそらく三歳か四歳のときのものだ。はじめて行った公園で砂遊びに熱中していたら、いつの間にか一人で取り残されていた。

どうやら私の面倒を見るよう言いつけられていた叔父が、途中で厭《あ》きて先に帰ってしまったらしい。子供というのはしつこく同じ遊びを繰り返す生き物だから、見ていて退屈だったのだろう。私は祖母が泡を食って迎えにくるまで、大音声《だいおんじょう》で泣き続けた。

　しかし記憶に強く染みついているのは、一人ぼっちにされた恐怖より、叔父の困惑したような表情である。祖母や父に責められて、叔父は明らかに驚いていた。三、四歳にもなれば、公園から家まで問題なく一人で帰ってこられる。そんなふうに、彼は思い込んでいたのだ。

「だって、行った道を引き返してくればいいだけなんだし――」

　そう言いかけて、叔父は「馬鹿野郎！」と父に怒鳴りつけられていた。

「女の子なのよ。変な人にいたずらでもされたらどうするの！」と、祖母も金切り声を上げていた。

　叔父はただひたすら、戸惑っていた。

　可哀想だから、やめてあげて。そう思ったが、語彙《ごい》が足りずどう言えばいいのか分からなかった。

　叔父はただ、知らなかったのだ。私が公園から一人で帰れないくらい幼いことも、子供を狙う犯罪がいかに多いのかも。

「ごめんね」と、叔父は私に謝った。すっかり涙が引っ込んでしまった私より、彼のほうが泣きだしそうな顔をしていた。

その出来事があって間もなく、叔父は行方知れずになった。たまに電話がくるから、どこにいるか分からなくても生きてはいるらしい。そう話す祖母の口調がやけにドライで、子供ながらに違和感があった。祖母と叔父に血の繋がりがないと知ったのは、ずっと後になってからだった。

叔父は祖父が、スナックに勤める女に産ませた子供だったという。だが女のほうも産んではみたものの、邪魔に感じるようになったらしく、子供を祖母に押しつけて蒸発してしまった。叔父はそのとき、三歳だったそうである。

本人にたしかめてみたことはないけれど、もしかすると叔父は公園に置き去りにされて、薄い記憶を頼りに家まで帰ったことがあったのかもしれない。だから私のことも、一人で帰ってこられると思い込んでしまったんじゃないだろうか。

生憎《あいにく》親族からの愛を疑ったことのない私には、危機感がなかった。公園までの道順を頭に叩き込んでおこうなんて、微塵《みじん》も思わなかったのだ。そこに、叔父との齟齬《そご》が生まれてしまった。

それっきり、叔父とは長らく会うこともなかった。再会のきっかけは、私の心身のバランスが、崩れかけのジェンガなみに危《あや》うくなったことだった。

都心の大学を卒業してから、私は中規模の広告代理店に就職した。激務なのははじめから分かっていたし、やりがいと若さのお陰で一年目は乗り切れた。雲行きが怪しくなったのは、担当するクライアントが変わってからだ。

出稿金額の大きい、大事な取引先だった。それと同時に、面倒なことでも知られていた。社内の連携《れんけい》が取れていないだけならまだしも、担当部署の部長と課長の仲が恐ろしく悪かった。

密に連絡を取り合って進めてきたはずの企画が、部長の決裁で覆されて、私たちのチームはその度に振り回された。終電まで仕事をしても終わらず家に持ち帰り、睡眠時間は平均三時間がいいところ。なにより営業職の私は、変更があるたび関係者全員に頭を下げて回らねばならない。いつの間にか胃薬が、手放せなくなっていた。

もう駄目だと思ったのは、正月休みを立川の実家で過ごしたときだった。翌日からまた仕事が始まるからと、当時一人暮らしをしていた中野《なかの》の部屋に帰るべく、玄関で靴を履いた。そしてそこから、一歩も動けなくなってしまった。

前に踏み出さなきゃと思うのに、両足が他人のものとすり替わってしまったみたいに、言うことを聞かない。手を使って無理矢理右足を前に出してみたら、そのとたんなにかが切れて涙が止まらなくなってしまった。

それを見た母が、もういいと抱きついてきた。自分では気づかなかったが、私はすっかり痩せ細り、能面よりも表情がなかったらしい。恥ずかしながら退職の手続きは、父がすべてしてくれた。中野の部屋を引き払うのも、自分ではできなかった。私はただ実家の一室で、横になっているだけの肉の塊だった。

再就職のために動きださなきゃと思っても、体がついてこなかった。精神科でもらう薬も、効いているのかいないのか。ゆっくり休めばいいと言ってくれた両親だって、半年経っても改善が見られぬ私に焦《じ》れはじめた。しばらくは、自然の中に暮らしてみるのもいいんじゃないか。そう言って父が私を車に乗せ、向かった先がこの村だった。そしてこの家に、叔父がいた。

叔父はいつの間にか、染色家になっていた。

紅梅の樹皮を煮るうちに、ゆっくりと水の色が変わってゆく。

六十分も煮ればはじめは黄色っぽかったのが、赤みの強い茶色になった。

面白いもので樹皮ではなく枝ごと煮れば、また違った色が出る。かといって前回とまったく同じレシピで煮出しても、同じ色になるわけでもない。そこがまさに、草木染めの味わい深さである。

そろそろかと思うところで火を切って、染め液を笊《ざる》で濾《こ》す。鍋が大きいから、力仕事だ。叔父がいたころはドラム缶で煮出すこともあったけど、私一人の膂力《りょりょく》では無理がある。

大きなポリバケツに染め液を濾し入れて、ほっとひと息。丸椅子に腰掛けて、少し休むことにする。

紅梅の染め液は、すぐには使わない。翌日まで寝かせておいたほうが、赤みが冴えると知っている。

そういうこともすべて、叔父が教えてくれた。

私が暮らしている家とこのあたり一帯の山は、元々は彼の祖父の持ち物だった。つまり蒸発した実の母の、父親だ。どういう次第でか叔父は血縁者を見つけだし、しばらく生活を共にしていたらしい。

やがて叔父はこの山の恵みを色にして、布を染めるようになっていった。私と再会したころには氏上陽史《うじがみようじ》という彼の名は、染色界隈《かいわい》では少しばかり有名になっていた。

そんな叔父の近況を、父は知っていたのだろう。ごくたまに、連絡を取り合っていたようだ。ともあれ私の知らぬまに、ここに滞在することは決まっていた。

緑の多いこの村で数ヶ月も過ごせば、私の疲れきった心も癒えるはず。父はそう考えたに違いない。だがその目論見《もくろみ》は、大きく外れた。私は叔父が染め出す色に魅せられて、彼に弟子入りしてしまった。

帰ってこいとせっつかれても、首を縦には振らなかった。叔父にも若い娘がいつまでもこんな所にいるもんじゃないと言われたが、私は結婚にも出産にも興味がなかった。

節くれ立った叔父の手指が山の草木から色を取り出す様を、ただ間近に見ていられるだけでよかった。

三

どこか遠くで、車のエンジン音が聞こえた気がする。

丸椅子に腰掛けたまま呆《ほう》けていた私は、ハッとして目を瞬いた。

幻聴ではない。「せんせーい」と呼ぶ声が、小さく聞こえる。

氏上陽史のただ一人の弟子として、どうにか細々と食い繋いできた。叔父と同じく私も社交的なタイプではないため、村の人たちからはどこか遠巻きに扱われていたが、五年前に大河ドラマの衣装の一部を手がけたことで状況が変わった。

あの飾り気のない変なおばさんは、実はすごい人だったんじゃなかろうか。ＮＨＫの効果というのはすごいもので、実態とそぐわない評価がたちまちのうちに広まって、どこに行っても「先生」と呼ばれるようになってしまった。

先生なんて柄ではないので、やめてください。はじめのころは、呼ばれるたびに訂正しようと試みた。

けれどもいちいち名前を覚えるよりは、「先生」と呼んでしまったほうが相手も楽なのかもしれない。そう気づいてからは、呼ばれるままになっている。

まったく、なにが「先生」だよ。

と、頭の中の叔父が言う。死の直前まで手放さなかった煙草の煙を吐きながら、片頰を持ち上げて笑っている。

私だって、本意じゃないわ。

やっぱり頭の中で反論しながら、立ち上がる。

「せんせーい」と呼ぶ声はどんどん近づいており、作業小屋の手前で鉢合わせした。

「ああ、やっぱりこちらでしたか」

宅配業者の制服を着た、日に焼けた青年が立っている。この界隈の担当らしく、買い物をネットに頼りがちな私とは、もうすっかり顔見知りだ。届ける荷物の種類から客の私生活が透けて見えてしまうようで、私の暮らしぶりもある程度は把握されていた。

「お届け物です。クール便なので、玄関先に置いておくのもどうかと思って」

そうだった。今日の午前着指定で、白ワインとシェーブルチーズを頼んであった。

「ありがとう」

伝票にサインをし、荷物を受け取る。めったに人と喋らないものだから、声が少し、喉に絡んだ。

「彼氏ですか」

手ぶらになった青年が、にこやかに問うてくる。

私は一人では、お酒を飲まない。伝票の品名に「酒類」と書かれた荷物が届けば、すなわち来客があるということだ。

月に一度都心から、恋人が会いに来る。先月はどうしても都合がつかなかったらしく、私の誕生日を祝えなかったと恐縮していた。

誕生日などもはや祝う年齢でもないのだが、歳が八つも下だと、まだそんなことが気になるのかもしれない。

宅配業者の青年に「はい」と答えるのも決まりが悪く、ふふふ、と曖昧に笑っておいた。ほとんど肯定のようなものだが、答える義理はないという意思表示でもある。

青年は私の意図を汲《く》むでもなく、「それじゃあ、今日もよい一日を」と言い残して去ってゆく。馴れ馴れしすぎて失礼ですらある彼を、憎めないのはこういうところだ。あの子はただ荷物を届けるだけでなく、幸せを運ぶつもりで仕事をしている。

今日もよい一日を。

どのみち紅梅の染め液は、明日にならないと使えない。仕事はこのあたりで切り上げて、恋人を迎える準備に取りかかることにした。

強力粉《きょうりきこ》にドライイーストや塩などを混ぜ、水を加えて捏《こ》ねてゆく。生地がなめらかにまとまったらボウルにラップをかけて、熾火になった薪ストーブの傍に置いておけばいい。一時間ほどもすれば発酵が進み、美味しいピザ生地になってくれる。

具は二日前に塩漬けにしておいたセイヨウカラシナと、ベーコンにしようか。セイヨウカラシナは河原によく見られる雑草で、夏ごろに採取できる種からは粒マスタードが作れる。葉や茎にもピリリとした辛みがあって、これが侮《あなど》れない美味しさだ。

さっき届いたシェーブルチーズは少しクセがあるから、温めたほうがマイルドになる。バゲットに載せて焼き、とろりとなったのを野草のサラダにあしらってみよう。

そうと決まれば食材を集めに、山に入ることにする。山の恵みは私に美しい色をもたらすだけでなく、お腹まで満たしてくれるのだ。

念のため熊避けの鈴を腰につけ、籠を手にして出かけてゆく。それほど深く分け入らなくても、美味しいものがあるポイントは把握している。

ミツバにセリに、水辺のクレソン。ヨモギはトリカブトの若芽と葉の形状が似ているため、要注意だ。千切ってみていい香りがすれば、ヨモギである。もう少し季節が進んで葉が強くなれば、ヨモギ染めの素材にもなる。

さて引き続き、ナズナにノビル、タンポポの葉。フキノトウとタラの芽は、たっぷりのオリーブオイルでアヒージョにしてしまおう。それならば、アク抜きの手間もない。

どの植物が食べられて、なにを食べてはいけないのか。その見分けかたも、叔父から教わった。まだ地面から顔を出す前の、タケノコの見つけかただって。

掘りたての若いタケノコは、皮を剝いて茹でただけのお刺身で食べられる。とにかくすぐに茹でてしまわないとえぐみが出てしまうから、こればっかりは都会では味わえない。

そう思うと恋人に食べさせてやりたくなって、道具を取りにいったん戻る。スコップで小さいのを二つほど掘り起こし、このくらいでよかろうと頷いた。

家に帰って夕飯の下拵《したごしら》えを済ませると、ちょうど昼時になっていた。

早起きの生活は、お腹が空く。都心にいたころは朝を抜いたり昼を食べそびれたり、夜は夜で会食があったりなかったりと不規則だったが、ここに来てからは三食きっちり食べてしまう。

それでも山歩きをしているせいか、めったなことでは太らない。ダイエットに必死だった大学生時代の私に、なにより規則的な生活が大事だと教えてやりたい。

時間を意識したせいで、猛烈にお腹が空いてきた。あるもので簡単に済ませてもいいのだが、どのみち集落まで下りていって、パン屋でバゲットを買うつもりだ。

パン屋のすぐ近くには、十一時から十五時までの四時間しか営業しない蕎麦屋がある。昼食は、そこで済ませることにした。

私の愛車は、スズキの軽トラ。山から切り出した枝などを運ぶのに、これが一番勝手がいい。座席は倒せないし硬いけど、村から出るほどの用事もないので充分だった。

助手席には常に、お風呂セットを置いてある。我が家はトイレこそリフォームされているものの、お風呂は昔ながらの五右衛門風呂だ。自分一人のためにいちいち薪で湯を沸かすのは面倒で、いつも集落に下りてすぐのところにある温泉施設を利用している。

食事と買い物を終えて、ひとっ風呂浴びてから帰れば、ほどなくして恋人がやってくるだろう。集落からうちまでの山道に街灯はなく、慣れないと危ないため、暗くなる前に到着するよう言い含めてあった。

「あらあら、先生！」

蕎麦屋の駐車場は、野菜などの直売所の駐車場と兼用になっている。車を停めて降り立つと、直売所の店番のお婆さんが、私に気づいて手を振った。

顔は分かるが、名前までは知らない人だ。こちらも大人だからおくびにも出さず、「こんにちは」と挨拶を返す。お婆さんは親しげに近づいてきて、私の肩に手を置いた。

「いやぁ、先生。この間はありがとうね」

名も知らぬ人に、お礼を言われるようなことをした覚えはない。首を傾げていると、お婆さんはにこやかに先を続けた。

「孫がね、卒業式だったのよ」

そう言われてやっと、合点《がてん》がいった。この集落の小学校の卒業証書には、草木染めで色がつけられている。叔父の代から請け負っている仕事で、ほとんどボランティアのようなものだ。何百枚と染めるなら割に合わないが、児童数は年々減っているため、たいした手間ではない。

今年は村の特産品である、柚子《ゆず》の葉を使って染めた。緑の葉を煮出しても、染め上がるものは淡いひよこ色だ。素敵な卒業証書だと、児童よりも保護者が毎年喜んでくれる。

「それは、おめでとうございます」

「本当にねぇ、孫も大きくなって。そうだ先生、これ持ってってって。干し芋！」

ボランティアに近い仕事でも、見返りは案外大きい。こうして集落に下りる度、誰かしらが野菜や果物を分けてくれる。

「いいんですか」

だがこの干し芋は、直売所の商品だ。ちゃんと袋に入って、ラベルまでついている。

「いいのいいの。これね、私が作ってるの」

干し芋の袋が、私の手に渡ってくる。

ラベルには『寿子《とし こ》おばあちゃんの干し芋』と、手書き風の文字が躍っていた。

四

熾火《おきび》になっていた薪ストーブに、ほんの少し薪を足す。

この上に五徳《ごとく》を置けば、こんがり香ばしいピザが焼ける。

でも焼きはじめるのは、恋人が到着してテーブルについてからでいいだろう。

そのテーブルにカトラリーやキャンドルを並べ、ふぅと小さく息をつく。このへんでちょっと、休憩にしよう。近ごろ休みなく動き続けることができなくて、作業と作業の間に小休止《しようきゆうし》を挟むようになった。

ようするに、加齢である。叔父が素材集めや染色作業の途中で抜けだして、煙草を一服していたのはそういうことかと、ようやく理解が追いついた。まああれはたんに、ニコチン切れだったのかもしれない。

広告業界にいたころの私は、カフェイン依存性だった。コーヒーを摂取しないと頭に靄がかかってイライラして、日に十杯以上も飲んでいた。

今の私はコーヒーといえば、タンポポコーヒーだ。ストーブでお湯を沸かし、ドリップする。去年のうちにたくさん作っておいたのに、密閉容器に保存してある粉末は残り少ない。そろそろ作っておかねばと思う。

タンポポの根を刻んで乾かし、よく炒《い》って粉に挽《ひ》いたものがタンポポコーヒーだ。もちろんノンカフェインである。

ドリッパーにセットして少量のお湯を注ぐと、ローストしたナッツに似た香りがふわりと舞い上がる。胸いっぱいに吸い込むと、奥底にたしかな土のにおいが感じられた。

タンポポコーヒーの入ったマグを手に椅子に座り、一つにまとめていた髪を解く。よく利用する温泉施設は村民限定のものだから、ドライヤーなどの気の利いた設備はない。そのせいでつい、自然乾燥に頼ってしまう。だんだん白髪が増えてきたが、それも自然の摂理《せつり》と思ってそのままにしている。

マグの中身をひと口啜《すす》る。風味は薄く、アメリカンコーヒーに近い。濃くいれたコーヒーが好きな人には物足りないかもしれないが、長く飲み続けるうちに、これが私のコーヒーの味になってしまった。

せっかくだから、簡単なおやつも用意しよう。ストーブの天板に網を置き、さっきもらった寿子おばあちゃんの干し芋を軽く炙《あぶ》る。そこにバターを千切《ちぎ》って落とし、塩をほんのひとつまみ。手に持って齧《かじ》ると、唇の両端がにんまりと持ち上がる。炙ったことで表面は香ばしく、内側はねっとりとして、しかもバターが染み込んでいる。寿子おばあちゃんは間違いなく、干し芋作りの名人だ。またあの直売所に行って、買ってこよう。

トワは本当に、旨そうに食うな。

干し芋をもう一枚食べようかと悩んでいたら、また頭の中で叔父の声がした。

十和子《とわこ》という名前を縮め、叔父はいつも私のことを「トワ」と呼んだ。

「なぜって、それが正しいんだからな。子供の名づけに悩む兄貴に、俺は『永遠と書いてトワはどうだ』と言ったんだ。でもそれはなんだか狙いすぎだってことで、響きだけ取って十和子にされちまったんだよ」

今とは違い、昭和五十年代生まれの子供に「永遠」は、たしかに尖《とが》りすぎていたかもしれない。うちは両親揃って教師をしていたから、無難な名前に落ち着いたのだろう。叔父にはそれが、不満だったようだ。

「十和子さん」

外から私を呼ぶ声がして、玄関のドアがノックされる。

どうやら干し芋の袋を握ったまま、私は立ち尽くしていたようだ。あの声は紛《まぎ》れもなく、車でやって来たはずの恋人である。表のエンジン音に気づかないなんて、今日はなんだかぼんやりしがちだ。

「はいはい」と返事をして、内側からドアを開けてやった。


恋人は今年四十になるはずだが、出会ったころから見た目がほとんど変わらない。彼の名前は久坂清秀《くさかきよひで》。戦国武将みたいな名前だと、はじめて会ったときから思っている。

久坂くんは青山《あおやま》に拠点を置く、クリエイター専門のマネジメント会社の社員である。叔父も私も作品を作るばかりでプロモーションのほうはさっぱりだったから、十年ほど前から彼が担当になって各方面に売り込みをかけてくれている。

また彼の会社はアパレル部門も手がけており、染めた糸や布を商品化してくれる、ありがたい存在であった。今日煮出した梅の染め液は、今年の新作のサマーニットに化ける予定である。

「いらっしゃい」と、久坂くんを迎え入れる。

この家に来るときはたいてい泊まりなのに、彼はスーツ姿で、荷物を持っていなかった。どうしたのと問う代わりに、私は久坂くんの顔を見上げる。

男性にしては小柄な彼は、髭があまり生えないらしく、つるりとした顎をしている。肌の張りは十年前よりさすがに衰えはしたものの、生来の童顔がそれをカバーして、年齢を感じさせなかった。

一方の私はスキンケアも最小限に、歳を重ねるに任せている。二人並べば実際よりも、歳の差があるように見えそうだ。

「干し芋、食べる?」

気づけば私は干し芋の袋を、握りしめたままだった。勧めてみると久坂くんは、「いらない」と小さく首を振った。

壁の掛け時計は、十六時前を指している。思っていたより、到着が早かったようだ。

「まだ明るいうちに、お風呂に入ってくる?」

集落には、他にもいくつか温泉施設がある。やや割高だが、村民でなくとも入れるお湯だ。

久坂くんは、温泉が大好きだ。それなのに、やっぱり首を横に振る。その拍子《ひょうし》にテーブルのカトラリーや料理に気づき、ハッと息を呑んだ。

セイヨウカラシナのピザはストーブで焼かれるのを待っており、アヒージョだってスキレットを火にかけるだけで出来上がる。タケノコも茹で上がっており、あとはバゲットとチーズを炙れば、いつでも晩餐《ばんさん》をはじめられる。

制作が立て込んでいるときは久坂くんに「なにか買ってきて」と、夕飯の調達を頼んでしまいがちなのに、久し振りに張りきってしまった。だって「会って話がしたい」なんていうメールを、彼が数日前に寄越してきたものだから。

そんなふうにあらたまって切りだす場合は、たいていが悪いニュース。だけど大河ドラマへの衣装協力が決まったときも同じような言い回しだったから、万が一に賭けてしまった。

「とりあえず、座ろうか」

完成を待つばかりの料理を挟んで、できる話ではなさそうだ。私はテーブルから椅子を引き出して、薪ストーブの前に並べる。向かい合わせは気まずいから、ハの字になるよう配置した。

久坂くんとつき合うことになったのは、叔父の一周忌が明けたころだ。制作の様子を見に来た彼に、「ずっと好きでした」と打ち明けられた。自然体で生きているように見える私に、憧れを抱いていたらしい。

感じのよい彼からの告白は、素直に嬉しかった。そのまっすぐなアプローチは心地よく、好もしいものだった。

きっと若い彼のことだから、そのうち他に目移りをして、私から離れてゆくだろう。だったらあまり深刻にならず、気持ちを受け入れてもいいかもしれない。

そんなふうにして始まった関係だった。

あれから五年。そう思えば、ずいぶんもったほうである。

重苦しい沈黙を破って「他に好きな人ができてしまった」と告げる久坂くんを横目に、私はそんなことを考えていた。

少し前から、予兆はあった。たぶん去年の暮れごろからだ。

この家はスマホの電波状況が悪く、辛うじてアンテナが立つのは作業小屋の前あたり。私といるときはほとんどスマホに触れなかった久坂くんが、頻繁にそこへ向かうようになった。仕事の連絡がくるはずだと言い訳をしていたけれど、本当は気になっていた女性からのメッセージをチェックしていたに違いない。

私に触れる手も、どこかためらいがちだった。誕生月だった先月は、申し訳ないと口では言いつつ、一度も顔を見せにこなかった。

どれも核心に触れるものではなかったから、見て見ぬふりを続けていた。でも久坂くんは、ついに私との別れを決意したのだ。

「そう。ならしょうがないね」

私は彼の意志を、尊重することにした。真面目な男だ。この結論に至るまで、そうとう悩んだはずである。別れたくないとごねたりして、彼を困らせたくはなかった。

「しょうがないって——」

それなのに、久坂くんは言葉に詰まった。薪ストーブの炎が彼の頰だけでなく、瞳まで赤く照らしていた。

「十和子さんは、それでいいの？」

「いいもなにも、心変わりをしたのはあなたでしょう」

理不尽な言いがかりだと思った。不実を働いたのは彼なのに、なぜか私が責められている。

「いつもそうだ。けっきょく好きなのは、俺ばっかりだった」

「なに言ってるの。そんなはずないでしょう」

「じゃあ十和子さんは、俺が結婚してほしいと言ったらこの山を下りられる？」

結婚をほのめかされたことは、つき合っている間に何度かあった。その度に、やんわりと断ってきた。

もはや子供が望める歳ではないのだから、結婚という形にこだわる必要はない。お互いに心地よいと感じる距離で、つき合ってゆければそれでいい。

そんなふうに、答えた気がする。

「変なこと言わないで。山を下りたら、私は仕事にならないよ」

叔父の草木染めは、この山で採れる素材のみを使っていることで有名だった。弟子である私もその姿勢を踏襲《とうしゅう》しており、サステナブルがもてはやされる近年はメディアからの取材も増えている。

叔父の死後、相続税を納めるのはそれなりに大変だった。でもこの山を手放すわけにいかないから、身の丈に合わない大きな仕事だって引き受けた。

そのあたりの経緯を、仕事上のパートナーでもあった久坂くんが知らぬはずがない。

「本当に、仕事だけが理由なの?」

せっかく椅子をハの字に置いたのに、久坂くんはわざわざ座り直して私をまっすぐに見つめてきた。

責めるような眼差しを受け止めきれず、私は立ち上がってやかんをストーブにかける。空気が乾燥してきたのか、喉がひりつく感覚があった。

久坂くんの震える声が、私の背中に投げつけられる。

「この五年で、よく分かった。十和子さんはなにがあっても、陽史さんを忘れる気がないんだ」

はじめて会ったとき久坂くんは、私と叔父を、歳の離れた夫婦だと思ったそうだ。そのくらい互いの呼吸を把握しているように見え、二人でいる様子が自然だったと言っていた。

たしかに私は叔父に対し肉親以上の感情を抱いていたし、言葉にはしなかったが、叔父もそうだったと信じている。少なくとも私の名づけ親だと主張する程度には、独占欲があったはずだ。

体の繋がりは、もちろんない。唇を重ねることすらしなかった。私たちはただの男と女だが、叔父と姪でもあったから。

でも私たちは、それ以外のすべてで交わった。たとえば視線、紡《つむ》ぎ出す言葉。風に溶けてゆく互いのにおい。山の恵みたっぷりの食卓。それから、草木染め。

叔父は持てるかぎりの知識と技術を私に注ぎ込み、私はそれらを片っ端から吸収した。体で繋がれないぶんそうやって、境界を越えて交じり合おうとした。だから叔父が死んでしまっても、私は分かちがたく彼と共に在《あ》るのだった。

「今までありがとう」と言い残し、久坂くんが帰ってゆく。

社内で異動があるらしく、久坂くんは私の担当から外れるそうだ。別れを切りだすには、ちょうどいいタイミングだった。

引き継ぎはすでに済ませているから、このまま帰らせてしまったら、もう二度と会うことはない。けれども叔父を忘れる気がない私には、彼を引き留める資格がなかった。

久坂くんはこの先、新しく好きになった誰かと家庭を築いてゆくのだろうか。どうかその人が、彼を大事に扱ってくれますように。幸せを願うことすらおこがましい私のことなど、早く忘れてしまえばいい。

到着したときは気づかなかったのに、遠ざかってゆく車のエンジン音がやけに耳につく。まだ明るさが残っているようだから、集落への山道も危なげなく下りてゆけるだろう。

そういえばこの五年間、私から彼の住む部屋を訪ねたことは、ついになかった。

薪ストーブの前に、しばらくぼんやりと座っていた。

ふと気づけば日が暮れており、窓の隙間からフクロウの鳴き声が忍び入ってくる。

私はテーブルの上に目を遣って、のろのろと立ち上がった。

食欲はすっかり失せていたが、食べ物を無駄にはできない。ピザはラップでぐるぐる巻きにして冷凍し、その他のものは、明日食べることにしよう。

「大丈夫、ちゃんと美味しく食べるからね」

呟きながらテーブルを片づけていたら、涙がひと筋、頬をするりと流れていった。

こうなったのは自業自得なのに、なにを泣くことがあるのだろう。

私はこの山を後にして、街へ戻ることは決してできない。

でも悪いニュースでなければいいなと願って料理をたくさん作ってしまうくらいには、久坂くんのことが好きだった。

五

小鳥が囀《さえず》りだすと共に、意識がゆっくりと浮上する。

布団の中は暖かく、もう少し寝ていたい気もするから、瞼は開けない。しばらくは夢と現《うつつ》の境をたゆたい、満足したところで起き上がる。

今朝も気温が下がったようだ。薄い肩を抱きしめてぶるりと身震いをし、愛用の半纏を引き寄せる。それを羽織ってリビングに向かい、いつもの手順で薪ストーブに火を入れた。

パチパチと薪が爆《は》ぜる音を聞きながら、手をかざして温まる。遠赤外線効果で体の強張《こわば》りが抜けてゆき、頭がはっきりしてきたところで、つっかけを履いて表に出た。

外の世界は薄めたミルクを流し込んだかのように、白一色に覆われていた。靄が濃く立ち込めており、遠くの山々の連《つら》なりどころか、集落へと向かう道の所在すらあやふやである。

朝靄の出る日は、よく晴れる。日中は、うららかな陽気になりそうだ。

うんと大きく伸びをしてから、家の裏手の鶏小屋へ向かう。深夜にハクビシンらしき鳴き声がしたから気にしていたが、金網にも横板にも破損はなかった。

小屋の中に入り、雌鶏たちに餌をやる。三羽が並んで競うように、餌箱の中身をつつきはじめる。

巣箱には、産みたての卵が二つ。ころんとしたそれを手に取って、割れないよう半纏の左右のポケットに分けて入れた。

恋人と別れたばかりなのに、拍子抜けするくらい、いつもと変わらぬ朝だった。

早寝早起きの習慣のお陰で、眠れぬ夜を過ごすこともなく、夕飯を食べなかったせいで、お腹は猛烈に空いている。

久坂くんの不在は私の生活に、これといった変化ももたらさないようだった。

そりゃあ、ふられるわ。と、苦笑する。

そもそも恋人と言ったって、会うのは月に一度きり。互いの暮らしを侵食するようなつき合いかたは、してこなかった。

「寂しい女だな」と、風の中に叔父の声を聞く。

誰のせいでこうなったと思っているのかと、言い返してやりたくなった。

鶏小屋の戸をしっかりと閉めてから、私は母屋《おもや》を素通りして、作業小屋へと赴《おもむ》いた。昨日煮出した染め液の、色の変化が気になった。

微《かす》かな土と黴のにおいを嗅ぎながら、大きなポリバケツの蓋を取る。染め液の表面に映る私の顔が、にんまりと微笑み返してくる。

ひと晩寝かせたことで、狙いどおりに赤みが冴えた。下処理を済ませた糸をこれに浸《ひた》せば、うっとりするような色が取り出せることだろう。

早く染めたくて、うずうずする。でもその前に、ご飯をきちんと食べておかねば。

半纏のポケットには、卵だって入っている。

大切な山の恵みを、無駄にはできない。すべてが、叔父からの贈り物だから。

肺がんを患った叔父の死に水は、私が取った。そして彼の遺志に従って、葬式は出さなかった。

叔父は無神論者ではなかったが、既存の宗教の枠にはまることを嫌がった。だから彼の名を刻んだお墓も、位牌もない。遺骨は山に撒いてほしいというのが、唯一の遺言だった。

調べてみると遺骨はパウダー状にすれば、所有地にかぎり撒いても構わないようだった。推奨されてはいないものの、都や村の条例にも触れていない。

ならばと石灰《せっかい》のようにさらさらになった叔父の遺骨を、山のそこら中に撒いていった。素材を取るための雑木林にも、水辺にも、竹林にも。雌鶏たちの餌にだって混ぜてやった。

叔父の骨を栄養にして、山の色彩はよりいっそう鮮やかになり、雌鶏たちは卵をよく産んだ。私は叔父の養分を間接的に摂取して、ますます彼と交じり合った。

この山には今も叔父の残滓《ざんし》があり、様々な恵みをもたらしてくれる。だから私は、ここから出てゆく気になれない。

意識を完全に手放す少し前に、叔父は最後の煙草を所望《しょもう》した。

弱りきっていて吸い込む力はもう残っていなかったが、火のついた煙草を咥え、香りを味わうだけで満足したようだった。

彼の指に挟まれた煙草はまるで線香のように煙を上げて、ただ燃え尽きるのを待っていた。

その煙が淡く溶けて消えゆく先を見上げながら、叔父は掠《かす》れた声でこう言った。

「どうだ。まだ一人で家には帰れねぇか」

それが私を置き去りにしてゆく叔父の、最後の言葉だった。


私はもう、三つや四つの子供じゃない。

生きてゆくための知恵は、叔父がめいっぱい叩き込んでくれた。たとえ文明が今すぐ滅びたとしても、しぶとく生き残れるくらいには。

それでも私はやっぱり、取り残されたこの場所からどこにも行けない。

柔らかな色彩に包まれながら、いつかあなたが迎えに来てくれる日を待っている。

週末の夜に

咲沢くれは

SAKISAWA KUREHA

大阪府生まれ。
立命館大学二部文学部卒業。
２０１８年「五年後に」で小説推理新人賞を受賞
（選考委員／桜木紫乃、朱川湊人、東山彰良各氏）。
現役の中学校教師ならではのリアルな描写が
注目を集める（のちに退職）。
20年、受賞作を表題にした短編集
『五年後に』でデビュー。

開け放たれた入り口から吹き込む風が冷えていた。その冷たさが十一月とは思えない。

「うー寒い！　まるで真冬みたい」

隣席の大澤《おおさわ》菜月《なつき》が立ち上がり、だれかが開けっぱなしにしたドアを閉めにいく。

戻ってきた菜月に「ありがとう」と蓮見《はすみ》頼子《よりこ》は言い、ホームルームで回収してきた二学期末の三者懇談に関するプリントをチェックする。そこには、各々《おのおの》の希望日時が記入されている。

「やれやれ、もうすぐ期末テスト、それが終わったらすぐに成績をつけて、その次は懇談。息つく暇もないですね」

中学校では体育祭に文化祭といった大きな行事の前もいろいろとあるが、期末テストから成績の算出、そして懇談が終わるまでの数週間はうかうかしていられない。

そんな時期を控えた金曜日だった。

頼子はクラスの生徒全員分のプリントがあることを確認し、それをまとめて引き出しに入れ、出席簿の点検を終えるとスマホを手に取る。

「映画ですか？」

菜月は今年度から、頼子が受け持つ二年三組の副担任を務めている。

「今はどんな映画がオススメなんですか？」

「オススメかどうかはわからんけど、ちょっと観たいと思ってるのはホラー系」

「ホラー？」

「数年前に公開された映画の前日譚で、少女が殺人鬼に至ったエピソードの……」

「ああ、もしかしてあれかな。でも怖くないですか？　蓮見先生、ひとり暮らしですよね。そういうの夜とか思い出しません？」

「そうねえ」

ひとりで過ごす夜に、映画を思い出して怖くならないのかと、訊いているのだろう。大きなお世話だと思いながら、儀礼的に訊きかえす。

「大澤先生はひとりで過ごすと、そういうの思い出して、怖い？」

「さあ、どうですかね。わたし、ひとりで過ごすこと、あんまりないから」

三十二歳になったのだと、ちょっと前に話していた菜月には、つきあって二年になる彼氏がいて、一緒に暮らしていると聞いている。

「同棲、してるんやったよね」

「同棲っていうか、まあ、ルームシェアみたいなもんですよ」

「どうちがうの？」

そういえば詳しく訊いたことはなかった。

「つまり家事も費用もきっちり折半《せっぱん》ですね」

「同棲やったら折半にしないの？」

「しませんよ。結婚もそうでしょ」

ルームシェアという言葉は、交際している間柄にもあてはまるのだろうか。

「じゃあ、いずれ結婚したら、どうするん？」

「まあ、預金通帳が一緒になるって感じですかね」

「え？」

「普通預金やないですよ、定期預金とかそっち系」

たとえばボーナスが出るとするでしょ、そしたら手取りぶん全額をまず出しあって、そこからなににいくらつかうか考えて、残りを定期預金に、みたいな。

そこでククッと、菜月は笑う。

「なんか楽しそうね」

ボーナスの余ったぶんを定期預金することが、そんなに楽しいことだとは思わないが、その前にボーナスの使いみちを巡って頭を突きあわせ、あれやこれやと考える作業は、ワクワクするのかもしれない。でもそれも新婚のあいだだけだろうが。

「それで結婚は決まった?」

「それが、まだなんですよー」

「でもお互いのご両親含めて会食したんよねえ」

夏休みに入る前に菜月がそんな話をしていた。彼女は意外に自分のことをあけすけに話すのだが、そういえばその会食のあとどうなったのか聞いてはいない。

「来年は持ち上がりで三年生。忙しくなるやないですか」

「そうねえ」

菜月のデスクにチラリと視線を走らせる。

現代美術史、近代美術史、デザインの色調、鉛筆デッサンの手法、といった本が並ぶ。彼女は美術科を担当している。

担任でなくても三年生に所属していれば、受験前はとくに手を煩《わずら》わされることが多くなる。そして美術科は各学年四クラスのこの中学では、全学年全クラスを受け持っている。学年をまたぐ授業そのものも大変だが、テストの作成や成績をつけるのも、頼子が担当する社会科とは、またちがった苦労があるものだ。

「わたし、担任、やりたいんですよ」

「え？」

　思わず声が出る。

「いきなり三年生っていうのも大変かもしれないけど。でも一年生のころからなにかとかかわってきたあの子たちを、担任としておくり出せたらいいなって、思うんですよね」

　菜月は以前、現在の三年生の担任を受け持っていた。彼らが一年生のころだ。ただ、問題が生じた。受け持ったクラスにややこしい保護者がいて、彼女はまともにぶつかってしまったのだった。さらに悪いことに、同じころ菜月の母親の具合が悪くなり、入院した。

　菜月の実家は三重県で、一時期は実家との行き来で大変だったようだ。

　保護者とのいざこざについても、母親の状況によりたまに休みを取ることについても、同じ学年に所属する教師たちはあからさまに不満を言うことはなかった。だが、その学年で担任としてそのまま持ち上がるのは、菜月にとっては厳しい状況だったのだろう。

その翌年度、つまり昨年度は頼子が受け持つことになった一年生に配属された。菜月はこの二年間、副担任として生徒たちとかかわっている。

幸い菜月の母親の容態は落ち着き、生徒たちとの関係も良好だ。ただ——。

「そうなの……」

担任を持つかどうかは、本人がそうしたいと言えばそうなるものなのだろうか。前の学年の担任を外れたのは、彼女の希望によるものだったのかどうかはわからない。希望でなければ無念だったかもしれない。それにしても頼子はもう三十五年近く教師をやっているが、担任を持つかどうかについて自分の希望や都合を言ったりはしたことがない。

「おかしいですか？」

「どうかな。大澤先生がそう希望するのはいいと思う。でも今年度担任を受け持ってる、わたしを含めて四人は、来年度もそのまま持ち上がるんやないかな」

「ああ」菜月が気の抜けた返事をする。

「言われてみればそうですよね」

「担任やなくても三年生に所属すれば忙しくなるけど、結婚もタイミングやから、時機が来たと思ったときにすればいいんやないの？」

「ええ、まあ、そうですけどね」

なんだか歯切れが悪い。

「なにか問題でも？」

「そういえば蓮見先生、そのホラー映画、もしかして今夜行くんですか？」

突然、話の流れを断ち切られた。菜月と話していてよくあることだが。

「なんで？」

学校でとくに問題も起こらず、ほかに予定がなければ、頼子はたいがいレイトショーに赴く。時間がなければゆっくりと夕食を摂《と》ることもできないのだが、それでも真っ暗な劇場のなかで、ひとりで物語の世界に没頭するのが楽しみなのだ。

「それって北欧が舞台の映画ですよね」

「そうね、北欧も出てくるかな。興味ある？」

「わたし最近、北欧ミステリーに興味があって……」

一緒に行ってもいいですか、などと言われたらどうしようかと、頼子は考える。それほど嫌ではないけど、菜月と肩を並べて映画を観るのはちょっとな、と思ってしまう。

「ミステリーっていうよりはホラーやけど」

「あ、そうでした。でも、観ておもしろかったら、感想をＬＩＮＥしてもらえます？」

「え？　遅くなるよ」

「いいですよ、明日、休みやし。で、蓮見先生の感想次第で明日か明後日にでも、彼氏と行こうかと思って」

「なるほど彼氏とね。ちゃっかりしてるねぇ、相変わらず」

図々《ずうずう》しさへの不快感も覚えながら、一緒に行くと言われなかったことにホッとする。

「そうですかぁ？　ま、どっちにしても、わたしはまだ映画に、ひとりでは行きたくないですよ～」

まだって、三十過ぎてひとりで映画にも行けないのか、と菜月を見る。

臆することなく言いにくいこともさらりと口にしてしまう彼女の長所は、ときに小さな棘《とげ》となってこちらの胸を刺してくる。

「あ、すいません」

慌てて菜月は謝り、この歳でひとりで映画に行くなんて淋しすぎです、とつけ足す。

「蓮見先生がどうってことやないですよ」

頼子は、手の平をひらひらとさせ「そんなのいちいち気にしないって」と、さらりと言う。

自分の失言にばつが悪そうな表情を浮かべる菜月に、頼子は微笑みかける。一緒に行く相手がいないのではなくて、わたしは「ひとり映画」が好きなんだよ、とは口にしない。よけいに強がっているように見えると思うからだ。

また冷気が入ってくる。お先に、と言って頼子と同年代の男性教師が職員室を出る。ドアはきちんと閉められ、空気は遮断される。

十九時を十五分ほど過ぎていた。慌てて帰り支度を整え、菜月のほか数人残る同僚たちに挨拶をして職員室を出る。トートバッグには教科書やノート、ほかにプリント類を入れている。土日のあいだに自宅で、期末テストの作成に取りかかっておきたい。

暗くなった空の下で、街灯の白い光がいくつも灯っている。

「じゃあまた明日～」

「うん、じゃあね」

生徒たちの声が飛び交う。部活動を終えた生徒たちだ。部活動によって終了時間はまちまちで、今日はサッカー部やバスケ部の子たちが多くいた。

「あ、先生、さよなら」

元気のいい男子生徒の声が頼子を追ってくる。サッカー部の子だ。

「さよなら。気をつけてね」

「先生、デート?」べつの男子生徒が訊いてくる。

「そんなわけないやん。よりちゃんは今夜もひとり」おどけて女子が言う。バスケ部の子だ。

どの子もみな、頼子が授業で受け持っている二年生だ。男子生徒よりも女子生徒によく「よりちゃん」と呼ばれる。頼子だけではない。たとえば菜月もよく「なつきちゃん」と呼ばれている。

そうやって親しみを表すのが、この中学の生徒たちの文化なのだろう。

これまで勤務してきた中学では、こんなふうに呼ばれることはなかった。同じ公立中学でも生徒たちの雰囲気は様々だ。

「お誘いがたくさんあったけど、忙しいから断ったんよ」

そんな頼子のジョークを受けて「先生モテモテやなあ」と返す男子がかわいい。

「ほんなら今年のクリスマスはどうなん?」

先ほどの女子生徒が訊いてくる。

「クリスマス?」

二学期の終業式の翌日——もう何年もそれくらいの認識しかないが、中学生たちにとってどれほどの意味を持つのだろう。

「あなたたちはどうやって過ごすの?」

いつか行きたいねと話していた、淀屋橋《よどやばし》駅近くの、川沿いに立つ古民家を改装して造られたリストランテ。頭の隅っこにふと浮かぶ記憶の断片をなぞる。グラスに注がれた赤ワイン。ガーリックの香りに包まれたステーキ。鮮やかな緑色がちりばめられたサラダ。ズワイガニとトマトのパスタ。夫だった人と過ごしたクリスマスのお料理はどれもおいしかった。

「そんなん、先生に言われへんし」

「マサキは彼女と過ごすんやろ」

先ほどとはべつの女子バスケ部の子が勝ち誇ったような表情を見せる。

「うるさいって」マサキと呼ばれている男子が吠える。彼は男子バスケ部だ。

マサキの照れ隠しは気に留めずに、同じ女子が続けた。

「でもよりちゃんはサミシマス」

その言葉に、きゃっきゃと反応して彼らは歩いていく。

サミシマスか。うまいこと言うもんだと半ば感心しながら、彼らの背を目で追う。女子生徒のスカートから伸びた素足は寒々として見えるのに、その足取りは軽い。

「ばいばーい」

ずいぶん向こうへ行ってから、男子生徒がふり返って手を振る。

「またね」

頼子は応えて片手を挙げる。

風が吹く。自転車が頼子の真横を通りすぎる。一年生の生徒たち数人が、「先生さよなら」と小さく言って頼子を抜いていく。

上映時間にぎりぎり間に合った。余裕を持って学校を出ようと思うのに、持ち帰るプリント類を整理したり、菜月と話したりしているうちに結局こうなってしまう。いつものことだった。慌ただしく頼子はチケットを買い、売店でホットティーを購入して劇場に入る。ぽつぽつと観客はいたが、うまい具合に前後左右が空いている座席を取ることができた。

サービスデーにあたる水曜日の夜だと混んでいることが多いが、金曜日の夜は案外と空いている。映画よりも、食事などに出かける人のほうが圧倒的に多いのだろう。

紅茶はレモンもミルクも入れないストレート。そこに砂糖だけを入れてかき混ぜ、ひと口飲み、無事に一週間が過ぎたことを実感する。

フィンランドのとある街に立つ精神病院のなかから、映画ははじまった。

バルト海に面した首都ヘルシンキから北東へ行った、ロシアとの国境近くの雪に閉ざされた街が映る。雪のあいだに伸びる針葉樹の濃い緑は、鮮やかさよりも暗さが増している。一本道を隔てると、すっかり葉を落とした茶色い木々が連なる。

一時期、学力が高いと教育界隈で話題になった、幸福度が高いことで知られるその国の、ちがう一面をそっと覗き込むような気持ちになる。

寒々とした街並みのなかに姿を見せる精神病院。そこに囚《とら》われている一人の女性。

彼女の外見は、ホルモン異常のため少女のままだった。その外見を利用して、数年前に失踪した女の子に成りすますことを思いつく。人間らしく生きていく場所を求めて脱走を企《くわだ》てていた彼女は、その機会を得て、突き進んでいく。

院内にいた医師や看護師、警備の男性などの首を絞め、顔が潰れるほど殴り、惨殺する。血みどろになった床を走り抜け、彼女はついに外に出る。

そうして迎えてくれた家族は、人には言えない事情を抱えていた。

予想もしていなかった展開に頼子は夢中になる。少女が起こす残虐な行為に目を背けたくなりながらも、いつしかハラハラとしながら彼女の行動を見守ってしまう。

夢中といっても感情移入――なんていうのとはちがう。少女の残虐な行為に正当性はまるで感じないのに、物悲しさがずっとついてまわる。

エンドロールが流れ、やがて劇場内が明るくなる。知らない国を旅してきたような気持ちから覚め、身体を起こして立ち上がる。肩にかけた重いバッグが現実に立ち返らせ、シアターを出る。

ふと空腹を感じる。時刻は二十二時十分だった。

エレベーターに向かう頼子の横を抜き去る人がいた。頼子よりも少し若い感じのその女性の姿に見覚えがあった。

エレベーターのなかで、ひとり挟んだ向こう側に立っている女性を見るともなしに見る。背中側の壁は透明で、夜の繁華街の煌《きら》びやかな灯りに包まれている。ふり返ると、JR大阪環状線《おおさかかんじょうせん》のオレンジ色の車両が、高架の上を走っていく。そこで頼子は彼女がだれだったかを急に思い出した。

あらためて女性のほうを見ると、なにかに気づいたかのようにあちらも頼子を見る。

目が合い、互いに会釈《えしゃく》した。

彼女は十二年前の教え子、甲斐昂大《かいこうだい》の母親、甲斐紗由美《さゆみ》だ。

エレベーターから出てすぐに、紗由美は「先生」と声をかけてきた。

「ご無沙汰しております」

「お元気にされてましたか？」

――卒業は確定しました。昂大が進学した私立高校の教師から聞くことができて、ホッとしたのを覚えている。でも、進学はしないことになったのだとも言われたのだが。

高校の教師たちは年に数度、中学を訪問し、高校の学校見学会の案内や入試要項などを置いていく。昂大が進学した私立高校の教師が訪れたとき、頼子がたまたま対応し、高校一年生となった卒業生の状況を聞くなかで、当時、高校三年生になった昂大のことを問うたのだった。

「ええ、おかげさまで。あの昂大も今年の春に結婚したんですよ」

「それはおめでとうございます！　えーと、たしか二十七歳になるんでしたっけ」

「ええ」

紗由美はうれしそうに目を細める。

教室の隅で同級生と取っ組み合いになってふざけ合っていた少年が、と思うと少し胸が熱くなる。あのころ、紗由美は三十六歳くらいだったろうか。

「先生、あの子の歳を覚えてくれてたんですね」

頼子は苦笑いをして返事をごまかす。

教え子のことはどれも大切な記憶だ。けれどすべてを覚えきることはできない。だれとだれが同級生だったかということは、ときに記憶のなかで混乱してしまう。

逆にしっかりと覚えている場合もある。その大部分は、問題を抱えた子たちだ。そして昂大はかなり問題行動が多かったのだった。

「高校を卒業して、就職を？」

「ええ、あの子が進学するよりも働いて技術を身につけたいからと言って」

「それはそれは——。お母さまもがんばられたんですね」

母親ががんばったから息子の生活がうまくいくというわけではないが、甲斐家の場合はこの母親のことを、心から労《ねぎら》いたくなる。

——わたしのなにがいけなかったんでしょう。

そう言って肩を震わせ、ハンカチをしきりに目頭に当てていた紗由美の、華奢《きやしゃ》な身体が浮かぶ。

「昂大が高校を卒業してすぐに離婚もして、今は、江梨奈《えりな》とふたりで暮らしてます」

当時、小五だった妹の江梨奈は、一時期、小学校を欠席することが増えたと、紗由美は嘆いていた。そんな彼女は中学ではほとんど休むことなく登校し、公立高校に進学したのだった。

江梨奈が入学してきたころは、「あの甲斐昴大の妹」と職員室でも密やかに囁《ささや》かれていた。だが蓋を開けると江梨奈は落ち着いていて、学業もなかなか優秀だった。だから二学期に入ったころにはそんな偏見もすっかりなくなっていたのだった。

「先生、今日はおひとりで？」

「ええ、実はひとりで映画を観るのが好きなんですよ」

「わたしもです！　と言っても最近なんですけどね」

そうして同じ映画を観ていたことがわかると、会話はさらに盛り上がる。

主人公の、非情すぎる残虐な行動がどうしても受け入れられないのだと紗由美は言い、けれど物悲しさがつきまとうと頼子が言えば、家族のぬくもりを知らずにあの子は育ったのですかねと紗由美が呟く。

「それなら、あの子の幼少期のことも、今回のさらに前日譚として作ってほしいですよね」

頼子も同じことを思っていた。うれしく感じたのもつかの間、菜月が感想をＬＩＮ

Eで送ってくれと言っていたのを思い出して、頼子はスマホの電源を入れる。

「今夜は江梨奈は友達と食事をして帰るので、じゃあレイトショーにでも行こうと思いついたんです」

ＬＩＮＥには菜月からのメッセージが届いていた。

明日も明後日もべつの用事ができたので、映画の感想はまた月曜日にでも聞かせてください――。

「でも贅沢な時間ですよね。こんなふうに大画面に映し出される物語を、まるでひとり占めしてるみたいにじっくり味わえるなんて」

たしかに「贅沢な時間」だと頼子も日ごろからありがたく思っている。

「結婚してたころは、いつも夫に合わせて生活してたように思うんです。そのときはそれがあたり前やと思ってたんですけど、いつやったか昴大が、『僕たちの世話ばっかりせんでいいから』なんて急に言い出して」

「そうでしたか、昴大くんが」

昴大は非常に落ち着きのない子どもだった。授業中、じっと座っていることが難しく、消しゴムをちぎって前の席の子に向けて飛ばしたり、ノートをちぎって作った紙ボールを窓の外に投げたりしていた。

幼い面ばかりが目についた。

「昴大くんが、そんなふうにお母さまのことを気遣えるようになったんですね」

同じクラスの藤井《ふじい》巧《たくみ》と、大ゲンカになったときのことを思い出す。昴大がちょっかいを出したことが原因だった。

幸いふたりとも大きなケガはしなかった。それでも双方の保護者には連絡を入れる。巧の母親は「うちの子が短気やからね」と笑い、紗由美は「昴大がいつもすみません」と消え入りそうな声で言った。

「先生が知っている昴大は問題を起こしてばかりで、どうしようもなかったですもんね」

そんなふうに言いながら見せる微笑みに、今は余裕さえ感じられる。

「そんな、どうしようもないなんてことはなかったですよ」

大ゲンカのあとの、ある雨の日の授業中に、昴大はティッシュをつかっていくつものてるてる坊主を作っていた。

少しの予感はありながら、授業中になにをしているのと注意をした。すると彼は、明日晴れるように、と言った。翌日は校外学習の予定だったのだ。

——雨が降ったら、巧が大変やから。

巧は、部活動で腕を骨折し、一週間ほど休んでいた。その週初めからようやく登校できるようになり、校外学習にも参加する予定だった。

昂大と巧はいわば天敵みたいな間柄で、顔を合わせるとケンカになってしまう。けれど、お互いを気遣ってるふうでもあった。

——巧くんと仲直り、したん？

唇を尖らせ、昂大は、ぷいと横を向いてしまった。すると彼の前の席に座っていた巧が、俺らケンカなんかしてないし、と言う。その横顔がどこかはにかんでいるようにも見えた。

「昔から優しいところのある子でしたよ」

「そんなふうに言っていただけると、あたたかい気持ちになります」

新しい家族を作った元教え子の「今後」も、ときどきは知りたいと頼子は思った。

「もしよかったら連絡先、交換しません？　ＬＩＮＥとか……」

気づいたら持っていたスマホを見せ、そんなことを願い出ていた。

「え？　いいんですか？」

「ええ、是非。昂大くんのこともまた知らせてほしいし」

そのほかにも、ひとり映画を楽しむ「贅沢な時間」で得た感想を、共有するのもいいかもしれないと、ふと思った。

「じゃあ、ＬＩＮＥで」と紗由美はスマホを差し出した。

ＱＲコードをつかって連絡先を交換しつつ、ためらう気持ちもあった。

「オススメの映画も教えてほしいです」

紗由美が言う。

「それはわたしも、ですよ」

画面にアイコンが登場する。ピンク色の花々でまとめられたお花畑のようなアレンジメントの写真と、「原《はら》紗由美」という文字。

「離婚して今は、原、といいます。フラワーアレンジメントを作ったり教えたりして、ぎりぎり食べていってるんですよ」

「じゃあこのお花も？」

「ええ、それは江梨奈の誕生日にと思って作ったものなんです」

微笑ましいアイコンにどこか安堵する。二十三歳の江梨奈は、どんな女性になったのだろう。

「じゃあ、先生、わたしはＪＲなのであっちへ渡ります」

紗由美は信号を指して言う。

「ええ、じゃあこの辺で。また連絡くださいね」

「ありがとうございます」

片側一車線の道路の信号が点滅をはじめたので、紗由美は小走りに向こう側へ行く。その背中を目で追った。渡りきった紗由美がふり向いて頭を下げる。

頼子もそれに応え、手を振る。

そうして人の波のなかに紛《まぎ》れていく紗由美を見送り、頼子は逆方向に歩き出した。あっさりと別れた紗由美に対して、生徒やその保護者との個人的なつながりを避けてきた自分を思う。先ほど覚えたためらいを追い払って脇道に入り、その先にある大通りの手前にあるファミレスを目指した。

贅沢な時間――。

紗由美の言葉を反芻する。

甲斐紗由美の夫、昂大の父親は飲食店を営んでいた。外食産業で働いていたが、昂大が中学校にあがる前に独立したという。経営は順調なようだった。経済的にも恵まれていたと思う。

ある進路懇談のときだった。志望校に対して昂大の成績では厳しい状況だった。紗由美は成績のことを気にしつつも、学校での彼の様子を知りたがった。

昂大の様子を伝えながら頼子はふと気になって、

「それで、ご主人はお母さんの話とか、ちゃんと聞いてくれますか？　たとえば昂大くんの学校での様子について、ご主人は一緒に考えてくれてます？」

と訊いた。

「いえ、それが全然……」

紗由美は言葉を詰まらせた。そして息を吐き、「こういうのって、普通は夫も一緒に考えるものですか？」と逆に問われた。

「ご家庭によりますけど、まったく知らない状態はよくないと思います」

「ええ、ええ、そうですね」

掠《かす》れた声で言い、紗由美は俯いた。その肩が小刻みに震えている。

「甲斐さん、正解なんてないですよ。できればこうあってほしい、みたいな、いわば理想であって、必ずそうでなければならないなんてことはないですから」

「ええ、わかってます。わかってます。でも先生、わたしのなにがいけなかったんでしょう」

紗由美の瞳に、涙が膨れ上がる。震える肩をすぼめ、ハンカチをしきりに目頭に当てて唇を噛みしめていた。

お母さんがいけないわけやないですよ、と頼子は言葉をかけたが、紗由美はますますうつむくばかりだった。

紗由美が夫のことについてなにかを言ったのは、そのとき限りだった。

その二年前に頼子は離婚していた。

夫だった人とは同じ年に同じ大学に入学して出会った。交際がはじまったのは二回生のときだ。同じ学科で話題の合うふたりのあいだに波風が立つことはなく、交際はずっと順調だった。

卒業して頼子は中学の教師に、彼は高校の教師になった。同じ教師という仕事でも、中学と高校では微妙にちがう。だが、そんな互いが抱えるもののちがいさえ、楽しく語り合うことができた。そうして八年の交際を経て結婚した。

彼のことが好きだった。それでも結婚すればどこか自由がなくなるような気がしていた。もしかしたら対等ではいられなくなるかもしれないとも感じていた。たとえば出産して仕事をセーブすることになったら、経済面では夫の収入が軸となるからだ。

頼子の母はパートをしていたが、家事は全面的に担《にな》っていた。その世代なら普通かもしれないが、仕事の状況がどうであれ、頼子もまた結婚すればそうするもの、という感覚があった。

頼子がなかなか結婚に踏み切れない要因のひとつだった。なにより仕事が忙しかった。

だが三十歳が近づいていくなかで、「そろそろ結婚するべきだな」と疑問もなく思うようになっていった。彼も同じだったと思う。そうして結婚すると、家事と仕事の両立は思ったよりも難しかった。そもそも家事を分担するという発想はなかった。結婚は生活そのものだ。家事にしろ日々の支出にしろ、思い描いたように事が運ぶわけではない。ところが中学と高校でちがうとはいえ、夫も教師という仕事の煩雑さは理解していたのだろう。頼子が掃除の手を抜き、食事を作らないからといって咎《とが》めることも皆無だった。といって彼が掃除をすることも食事を作ることもしないのだが、そんなものだろうと思っていた。

独身のころと変わらず、会話も少なくはなかった。けれど、大事なことは決して話し合うことはなかった。たとえばやがてやってくるであろう親の老後のこと、そして自分たちの子どものこと――。

子どもはいらないというわけではなかったが、どうしてもほしいというわけでもなかった。なにも言わないから、夫も同じように考えているのだろうと思っていたのだ。

やがて三十歳を超え、いつしか三十五歳に近づいたころ、「僕たち、子どもは望めないね」と夫は言った。

頼子は驚いた。自分の身体のどこかに妊娠しない原因でもあるのだろうか、とも思った。

——もしかして子ども、ほしかったの？

そんな言葉は呑みこんだ。

性交渉は多くはなかったが、まったくないわけでもなかった。だからうちは大丈夫、と頼子は思っていた。一緒にいても背中がすっと冷たく感じることが何度かあったのに、それを打ち消すように、自分たちの関係が壊れるわけがないと思い込もうとしていた。

けれどあとになって思いかえすと、よくわからない。でも、これだけははっきり言える。いつしかその行為が愛情からくるものという感覚は、とっくに消えていたことに気づいていた。義務——。そう、義務のような感じだったのだ。

夫に愛人がいるとわかったのはその直後だった。

夫の愛人は七歳下の二十八歳だった。彼女には三歳になる息子がいて、ばりばりと働くのが難しい状況だった。

それを知っていて夫は彼女に手を差し伸べたようだが、頼子には、その女に夫を搦《から》め捕られたような感覚しか抱けなかった。

そこから夫は隠れてこそこそとその女とつきあい続け、それを見ないふりをして頼子は九年間も結婚生活を続けた。子どもなどいなくても、二十歳のころから積み重ねてきた時間が、自分たちのあいだにはあるのだからと、それまでの思い出ばかりを信じようとしていたのだ。

だがあの日、夫は言ったのだ。

「彼女の息子が来年から中学生になる。いろいろと大変になってくる。僕は、これからも支えていきたいと思っている」

じゃあわたしは？　と訊きたかった。家事やいろんなことを分けあって、お互いに寄りかかっていたら、自分がいないとだめだと、あなたは思ったの、と。けれど訊く前に「頼子はひとりでも生きていけるけど」と言われたのだった。

ひとりでも生きていける、というのはどういうことだろう。今でも考えてしまうことがある。経済的にはひとりでも大丈夫だ。けれどそれが「ひとりでも生きていける」こととは少しちがうように思う。

ただその瞬間、夫のことを好きだと思う感情は、不思議なくらい消えていた。いや、ずっとなかったのに、それこそ結婚すればこんなものだと、問題にしなかったのだ。

子どもはいなくても、ちゃんと結婚はしている――そんな自分でいたかっただけなのだと頼子は気づいて、夫と離婚することを決めた。

出会って交際に至るまでに一年、交際していたのは八年、結婚して彼に愛人がいることがわかるまでは七年。

そして頼子と愛人のあいだを行き来する夫と過ごしていたのは九年。

急に視界が明るくなったような気がして、頼子は空を見上げる。ビルの屋上にしつらえられた看板のネオンが点滅している。赤や青の光を交互に浮かべ、その合間に強く白い光が放たれる。

離婚してから十四年だ、とあらためて思う。

好きで好きでどうしようもないと思っていたのは、二十代のあいだのほんの数年だ。焼けつくような熱い想いを滾《たぎ》らせていたその時間は、濃密で、心の襞《ひだ》に引っかかったままいつまでも忘れられないでいるのに、そのころの、自分に向けられた夫の優しい笑顔は、もうほとんど忘れている。

十四年も経って、自分は今、ほどよく肩の力を抜くことを覚えた。他人に期待しない術《すべ》も身につけた。

　そうしてひとりで過ごす楽しみを知った。


　目的地のファミレスに着く。訪れるのは何度目だろう。なかに入るとトマトソースの匂いがした。どこか太陽を思わせる匂いだと思った。

「あと五分でラストオーダーになりますが」

　この店のユニホームに身を包んだ若い女性店員が、ニコニコと笑みを浮かべて言う。はじめて見る顔だ。いやに愛想がいい。頷くと笑ったまま「どうぞこちらへ」と、奥まった席に案内された。

　店内はほぼ満席だった。

　この店のラストオーダーは二十二時三十分だった。

　頼子が座った席から見える四人席に親子の姿があった。子どもは男の子。中学生くらいだ。そして母親らしき女性。職業柄、「こんな遅くに」と気になってしまう。テーブルの上には食べ終えたあとの皿がある。少年は所在無げにグラスを持ち、ストローで氷をいじくっている。

　その向こうにはネイビーの背広姿のサラリーマンらしき男性がいる。三十代くらいだろうか。サラダとパスタを交互に食べ、スマホに目を走らせている。

視線を移せば、頼子と同世代とおぼしき女性が、ひとりで定食を食べている。女性は雑誌を膝の上に広げているようだ。

やがて頼子のもとにオーダーしたラザニアのセットが運ばれてくる。

セットのサラダを口に運んだとき、親子が立ち上がる。

一緒にいても終始無言で向かい合っていた母親と息子は、単に外食を楽しんでいるようには見えなかった。やはり少年の夕食の時間としては遅い。

彼らが母子家庭とは限らない、とふと思う。父親が必ず母親や、あるいは子どもの味方だとは言い切れないのだ。

ラザニアを冷まして口に含みながら、レジに向かう親子の背中を見送る。

少年は俯き加減で、乱暴に歩いていく背中があまりにも不機嫌そうだった。


二学期に入って二度目の土曜授業の日だった。テスト前でほとんどの部活動が休みということもあって、夕方から教職員たちで梅田《うめだ》にある劇場におもむき、映画を鑑賞したのだった。

以前から生徒への理解を深めるために、教職員全員でなにかをしてはどうかと、今《いま》井《い》という男性教師が言い、今回やっとそれが実現したのだ。まずは生徒たちのあいだで話題になっている映画を、ということだ。

映画のあと、曽根崎《そねざき》お初天神通《はつてんじんどお》り商店街にある居酒屋に場所を移して、宴会がはじまる。

教師ばかりでなく、事務員や管理作業員の人たちも含め、この中学で働く三十数人のうちの、八割くらいの人が参加していた。

ビールはよく冷えている。グラスを持つ手が冷たい。

「みなさん、グラスは満たされましたか？」

幹事の今井が言う。

彼は菜月よりも少し年上の若手だ。よく独特の言い回しをし、気の利いたジョークも言う。宴会では決してだれかをひとりにしてしまわないように、全体を見てさりげなく動き回る。

配慮のかたまりのような人間だと周囲から評されている。

「今宵《こよい》集まった先生たちは、本日もここに集まったことにのちのち感謝すること請《う》け合《あ》いです。さぁ、わが同志たちよ、この幸せなひとときの胸いっぱいの思いをこの一杯に、かんぱーい」

かんぱーい、と口々に言いながら、前後左右に座る人たちとグラスを合わせる。

六人がけの座卓が六つある座敷だった。そこに四、五人ずつ座っている。大きな行事のあとの打ち上げや忘年会などとちがい、今回はくじ引きなどせずに、適当に座っていったが、頼子と同じ座卓にはやはり同じ学年に所属する教師たちがいる。隣には菜月が座っていた。

料理は寄せ鍋をメインに、刺身やサラダなどが添えられていた。どう取り分けたものかと思っているうちに、菜月が率先して同じテーブルについた人たちの取り皿を集め、手際よく分けていく。

差し出された皿を受け取る。

しばらくは料理を味わうのにみな忙しく、その合間を縫うように酌をし合っている。そのうち「梅サワー」「わたしはモヒートを」などと盛大に声が飛び交う。

和やかな宴会だった。久しぶりに食べる寄せ鍋もおいしかった。

「みなさーん、本日鑑賞した映画はいかがでしたー?」

今井が声をかけて、いくつか声があがる。

「たしかにあれはおもろいわ」

「ナオキくん、かっこよかったですしね。マンガってわかってても、ああいう人、ほんまにおったらええのにってね」

　ナオキくんとは高校生である主人公のライバルの男子だ。

　主人公もよかったが、このナオキくんというのがよく描かれていたと、頼子も思う。

「硬派なところもよかったよなぁ」

「硬派？　ああ、女っけがないっていうことか？　おまえとは正反対やないか」

　四十代前半のふたりの男性教師が言いあっている。彼らは年齢も同じで、よく気が合うようだった。

「蓮見先生」

　今井がビール瓶を片手に、そばにくる。斜めにしたビール瓶に応えるようにグラスを傾け、頼子は、ありがとう、と呟《つぶや》く。

「映画をよく観る蓮見先生としては、本日の映画はいかがでしたか？」

　部屋のなかにいる、互いに談笑していた同僚たちが一瞬、口を噤《つぐ》む。途端に寄せ鍋を煮るガス火の音が聞こえてきた。

「みなさーん、蓮見先生の趣味は映画鑑賞なんですけど、それがなかなか本格的なんですよ。本格的っていうのはつまり、その感想や批評が的を射てるんですよ」

へえ知らなかった、という呟きが聞こえる。それに乗じて、一緒に映画を観にいくような人がいたんや、という言葉が耳に届く。すると、そんな相手がいないから映画ばかりなんかも、と、そんなことまで囁かれてしまう。

——わたしはまだ映画に、ひとりでは行きたくないですよ～。

先日の菜月の言葉が、耳元に、鮮やかに蘇る。

「ね、蓮見先生、本日の映画は……」

「観る人、それぞれよ」

今井は、そうなんですけど、と早口で言う。

「でもそんなこと言うてしもたら、身も蓋もないですから。ここはちゃんと一発、かましてやってくださいよ」

一発、かますって——。

「せっかくですから、ここらで見せてやりましょうよ。だてにようけ映画を観てるわけやないってところ」

なるほど、さすがは配慮のか、か、か、か、たまりのような人間だ。

「でもさぁ」

言葉がすべり落ちる。途端に頭の芯が熱くなる。

「生徒たちが全員、この映画が好きで支持してるわけでもないやん。それに、彼らの嗜好《しこう》の一部を切り取って探ってみたところで、あの子たちのなにを知ることになるんよ。それ、今井先生はどう思うん？」

悶々《もんもん》とした気持ちが喉から噴き出して、口調がどんどん強くなる。

「映画はおもしろかったよ。よくできてると思う。難しい説明はないし、いやむしろ説明ばりのナレーションと心の声が入るから、なんにも考えなくても、ああそうか、って思える。大人なら仕事で疲れた脳を休ませてもらえるし、子どもならカッコイイ絵を見ながら、ストーリーが全部頭に入ってくるわけよ。だからヒットするんでしょうけど」

おもしろくないわけではないが、どうしても薄っぺらく感じた作品の欠点を論《あげつら》ってしまう。みんなでだらだらとつるんでこんな映画を観て、なにがわかるのだと、今さら思う。

「先生、も、もういいですから」

今井が頼子を制する。その笑みが強張っている。

ハッとした。せっかくの宴会が台無しだ、と思う。情けない気持ちにもなる。幹事の今井よりも、この会のために都合をつけて参加した人たちに悪いなと瞬間的に悟る。

「蓮見先生の意見に、さんせーぃ」

ざわざわとする空気を引き裂くように、澄んだ声が響く。菜月だった。

正座して背筋を伸ばしたまま、片手をまっすぐ挙げている。

「生徒たちの一部が好んで観る映画を知ることが、彼らを理解することにはならないですよ」

「大澤先生、まあ、そうなんやけどさぁ」

「それにこの映画がおもしろいだのなんだのと、きゃあきゃあ言ってるのって、わりと一軍の生徒たちですよねえ」

「一軍？」

頼子と同世代の、ベテランの男性教師が訊きかえす。

ああ、カーストの上の子たちってことね、とべつのだれかが呟く。あの子たちの流行を作ってるのは、たしかに一軍の子らやわ。

ベテランの男性教師は「一軍って、うまいこと言うなあ」と感心している。

寄せ鍋の湯気と、刺身醤油やビールや、酒の匂いがする部屋の空気は、教室のなかとどこか似ている、と頼子は思う。

ためらうことなく人前で発言できる子と、ひとりで人前に出られないけど、なんらかの自己主張をしたい子、そしてなにも言えない子――。

「で、でもさぁ、そんなこと言い出したら親睦会なんて成立せえへんやん。飲み食いばかりやなくて、たまにはみんなでなにかをしてもええんちゃう？」

「そんなつきあいが、ずっと続くんですか？　みんないろいろやないですか。結婚してたり、子どもがまだ小さかったり、独身でいても親の介護があるかもしれへんし。それでも仕事ならがんばってやるでしょうけど、それだけやったらあかんのですか？ちなみにわたしは独身で、子どももおらんし親も今は元気になりましたけど、プライベートな時間はやっぱり大事ですし」

ときどき変なことを言うようでいて菜月は、堂々と正論をぶちまける。頼子にも忌《き》憚《たん》がないが、ここでもそれが発揮されたことに爽快感さえ覚える。

「これやから、最近の若い人は」

「なんですか？　こう見えてもわたしは三十過ぎてますし」

こう見えてもって――すごい自信だ。でも、どこか菜月らしい。

「だから三十代前半くらいまでの人って、ほら、呑み会は仕事やない、みたいにわり切ってるようなところがあるでしょ。でも職場の人間関係なんてそういうもんやないやん。自分のクラスで問題が起こったとき、ほかの教師は知らん顔でええわけ？　クラスなんて、たまたまその メンバーになっただけでしょ。せめて同じ学年に所属する教師たちで問題を共有すべきやない」

「今井先生の言うてはることは、わたしもそうやと思います。けどそれは、こうして密に呑み会をしていないとでけへんことなんですか？」

教師という仕事はときに「孤独」になることがある。受け持っているクラスで問題が起こる。それをまわりに相談することもできずにいる場合がある。起こった問題は、そもそも担任の指導力が原因ではないか、とか、どうしても相性が合わない生徒や保護者との軋轢《あつれき》を生んでしまうのは、担任の能力不足だ、とか、そう断じてしまわれる空気がある。

そういう空気が色濃く漂う中学もある。

けれど今井は起こってしまった問題を、ひとりに背負わせないように、という空気を作ろうとしている。だから今回の企画を考えて実行した。その主旨をくみ取ったからこそ、参加したのだ。

「大澤先生、もうやめよ」

「でも」

「この映画を観ることが、イコール生徒を理解することにつながるわけではないこと、多分、みんな気づいてるよ。呑み会を頻繁にやるのがいいかどうかはまた考えるとして、少なくともここで働く人たちが孤立しないように、って考えてくれてるんよ」

「だれが、ですか？」

「だから今井先生が」

今井は二十代のころ着任した中学で孤立していたのだ。三度目か四度目の教員採用試験でやっと合格し、新任として着任した中学で。

以前、今井本人からその話を聞いていたことを、頼子は思い出したのだ。

「今井先生はそうかもしれないけど、でも……」

頼子もとっくに気づいている。

今井がうるさいほど「親睦を深めるために」と口にすることに、だれも異を唱えることはないけれど、心の底では違和感を抱いている。面倒だから合わせているだけだ。

それに——。

「大澤先生、ありがとね」

言う。

どういう顔をすればいいのかわからないという表情で、菜月は、いいえ、と小さく言う。

表面的に和気あいあいとした職場に見えるが、菜月以外の人間は、この人はいつもひとりだ、と遠巻きに頼子のことを見ていることも、知っている――。


夜の街並みのなかにスーパーの灯りが滲《にじ》む。店内に入り、頼子はカゴを持ち、野菜売り場をゆっくりと歩く。ピーマンもトマトも、色つやがいいのは照明のせいなのだろうか。

かぼちゃを手に取る。四分の一ほどに切られたかたまりが三百円もする、と少し驚く。

何日も野菜をじっくりと味わうことがなかったような気がして、頼子は、たまには煮物でも作ろうかと思ったのだった。

朝食には手をかけず、前日の夕食の残り物を炊きあがったごはんと一緒に食べる。でなければ、やはり前日に買っておいたパンを食べる。昼食は給食だから、気にしなくても自然に栄養は摂れる。ただし育ちざかりの中学生に合わせたメニューなので、カロリーは高めになるのだが。そして夕食は外食か、惣菜を買って帰ることが多い。

外食も惣菜も、日々の予算や頼子の好みによるところが多いから、栄養のバランスも取れているのかどうかわからない。

ひとり暮らしの人がちらほらといる職場だ。だから普段は食べることの少ない鍋料理を今井は選んだのかもしれない、と先日の呑み会をふり返る。すると今井に意見を求められ、その場の雰囲気を悪くしてしまった自分も一緒に思い出しそうになる。

久しぶりに料理でもしようかとスーパーに寄ったが、途端にやる気が失《う》せていく。加えて、いつの間にかぼちゃはこんな値段になったのか、たまごはなぜこんなにするのかと、数十円の値上がりに怖《お》じ気《け》づく。ひとりぶんの料理をわざわざ作る手間を考えると、コストがそう変わらないのであれば、出来上がったものを買ってもいいんじゃないかと思ってしまう。

トートバッグのなかでスマホが震えていることに気づく。

取りだしてみると、紗由美からのＬＩＮＥで、「こんばんは～」という言葉からはじまっている。

お忙しいところすみません。先日、「列車に乗る女」を観ました。全体的に灰色っぽい光景ばかりでどんよりしてるのに、妙に印象に残ります。

『列車に乗る女』は、毎日一時間かけて列車に乗って職場に向かう女が、その窓から見える「理想の家」に住む、「理想の夫婦」を描く物語だ。「理想の夫婦」というのは主人公の妄想だ。やがて彼女が見る「理想の家」は火事でなくなってしまい、それがのちに放火だとわかる。

頼子もその映画に興味があった。

「余裕があればわたしも、その映画、観てみたいです」とメッセージを返しながら、ふと、やっぱりかぼちゃを買ってかえろうと考える。

節約のためではない。自分で作ればかぼちゃの煮物の味付けも、量も、しっかりと楽しむことができるからだ。野菜ばかりでなく、タンパク質を摂れるものもなにか考えなければ、と思う。

料理に積極的になる自分が不思議だった。

十九時半を過ぎていた。今から帰宅して食事を作り、食べ、風呂に入る。それだけで二十二時を過ぎるだろう。先日、いったん作り上げたテスト問題の手直しに取りかかれば、それこそ午前零時まであっという間だ。

「そういえば、『あの村で』が公開されましたよね」

紗由美のメッセージが続く。

『あの村で』はアメリカ映画だ。都会のすぐそばに、開発から取り残されたある村がある。そこで起こる殺人事件を描いたミステリーだ。ただしその事件の背景が秀逸なのだと評判になっている。

「それ、わたしも観たいと思っていて」

頼子は返信する。

「もしよかったら、今度の土曜日にでも、『あの村で』を観にいきませんか」

たしか夕方からの上映があったなと思い、頼子はメッセージを続けて送る。

「是非、ご一緒したいです！」

紗由美からの、弾けるような返信が届く。

待ち合わせの時間と場所を提案すると、紗由美も承諾して「じゃあ土曜日に」と、互いにメッセージとスタンプを送りあってスマホをトートバッグのなかにしまう。

頼子はひとりで映画を観ることが好きだ。映画鑑賞そのものが楽しいのだが、それをひとりで、暗闇のなかで没頭する約二時間は格別だ。おもしろかった、観てよかった、と思う映画はいくつもある。それをひとりで嚙みしめる。けれど、心の底からそう思った傑作の感想をだれかに話したくなることもある。

きっと紗由美もそうなのだろう。

十二年前の彼女を思い出すと、ひとりで映画を観にいくような人だったのかと意外に思う。でももしかしたら頼子の古い友達も、頼子のことをそう思うかもしれない。

学生時代の頼子は、どこかへひとりで出かけていくような人間ではなかった。夫だった人とは話題になっている映画を一緒に観に行った。人気のあったテーマパークにも一緒に行った。春は桜を、秋は紅葉を見るために、一緒に出かけた。クリスマスの夜も一緒に過ごした。

そんなふうに、一緒に過ごすことが交際することだと思っていた。どこに行っても楽しかったし、この人がいるから知ることができたと信じて疑わなかった。

でも結婚して、なにかちがう、と思った。

どんなに疲れていても、週末になれば会えるのがあんなにうれしかったのに、結婚してからは週末に夫と出かけることが、いつしか億劫《おっくう》になっていた。

ある日ふと見た夫の横顔が、あまりにもつまらなそうで、一緒にいるだけではダメなのだと思い込むようにした。日常の生活のなかで蓄積された疲労が、眠ってもすっきりと抜けることがなかった。が、当時の自分は、良好な夫婦関係を保つためには、ふたりで連れだって出かけることが必要なのだと考えたのだろう。

今のほうがずっと、自分の気持ちに正直に行動している、と頼子は、照明の下でつやつやとしている真っ赤なトマトを見て思う。

約束の土曜日、オレンジ色のワンピースにベージュの革のジャケットを羽織り、ワンピースよりもワントーン薄いオレンジ系のストールを巻いて紗由美は現れた。ワンピースのオレンジ色も、原色のパキッとした色ではなく、少し柔らかくした感じの色だ。それは紗由美にとても似合っていて、派手ではなく、華やかさを添えている。

「こんにちは」

うかがうように頼子の目を見て、紗由美はおずおずと挨拶をする。

「お忙しかったんじゃないですか？」

「いいえ。それより、チケットを。そろそろ時間ですから」

頼子は腕時計を指し示す。

「けっこうな人ですね」

紗由美がきょろきょろと周りを見る。

「土曜日の映画館が閑散としてたら、いよいよ映画もダメなのかなって思いますよね。だから安心しました」

「映画の人気って、昔ほどやないんですかね」

「でもこないだ観たアニメは、やっぱり盛況でしたよ。作品によるんやないですか」

言いつつ、若い男性客がいやに多いことに気づく。辺りを見まわすと、公開されている作品の大きなポスターが貼ってある。

職場の同僚たちと一緒に観たのとはちがうジャンルの、アニメ作品が公開されている。少女が活躍する話で、テレビで放映されていたものが映画化されたようだ。

「入場特典の数には限りがあります。ご了承くださーい」

劇場スタッフがマイクで話す声に、切羽詰《せっぱつ》まったような響きが感じられる。人出が予想を超えるものだったのかもしれない。

「そう言えばね、こないだ、同じマンションの人にお出かけですかって訊かれて、映画にって答えたんですよ。そしたらご家族で？　って、怪訝《けげん》な顔されました」

「なんで？」

「そんな歳になっても家族で出かけるのか、とかそんな意味やないですかね。でも『ひとりで』って言うたら、今度はすごく驚かれましたよ」

なんかねえ、と呟いて彼女は笑う。その笑顔は十二年前よりもずっと若々しい。

「でもひとりで行動できて、ひとりでなにかをちゃんと楽しめるのは、すごくいいことですよね」

　唇を尖らせながら、一緒に買いますね、と紗由美は券売機でチケットを購入する。同じ映画の、離れた座席を二枚。F列とK列。そう大きくはない劇場なので、K列は最後列になる。

　紗由美はいつも後ろのほうの座席を選ぶらしい。頼子はだいたいまん中辺り、もしくはちょうど目線になる列を選ぶ。あとは前後左右が空いていればなおいい。

　頼子は自分のチケット代を紗由美に払い、互いに好みの座席のチケットを手に劇場に入っていく。

「じゃあ終わったらロビーで」

　贅沢な時間の幕がもうすぐ上がる。


　待ち合わせたときはまだ明るかった空が暗くなり、梅田の街が煌《きら》びやかなネオンに彩られている。

「映画、よかったですよね」

　夜を照らす光のなかで、紗由美の瞳がきらきらとする。

「あの小学校でのいじめも、結局そこに住む大人たちの考え方が原因になってるってことですよね。思い出すと腹も立つけど、それくらい没頭できたっていうか」

「でも犯人は、絶対あの小学校の先生やと思ってました」

「先生もですか？　わたしも。でもその意外性が却《かえ》ってよかったですよね」

ほんとに、と頼子が頷いたときだった。

「夕食なんですけど、ファミレスはダメですか？」

遠慮がちに紗由美が訊いてくる。

頼子は驚く。夕食も一緒にと約束していたが、紗由美ならてっきり気の利いたイタリアンでも選ぶだろうと思っていたからだ。

「やっぱりヘンですよね」

「全然ヘンやないですよ。大賛成です、行きましょう」

大通りから脇道へ入る。道沿いにはたこ焼き屋にハンバーガーショップ、喫茶店にパブと、様々な店が軒《のき》を連ねている。人の波に呑みこまれそうになりながらファミレスを目指す。

店内に入ると肉を焼いた匂いがする。

「昔、子どもたちを連れて、この店に来たことがあるんですよ」

案内された四人席に座り、メニューを見ながら紗由美が言う。視線は落としたままだ。

「ご主人抜きでってことですか？」

先日映画を観たあとに寄ったこのファミレスで見た、中学生くらいの息子とその母親らしき女性の姿を思い出す。

「ええ。あの人が激怒して昂大を殴って。必死であの人を止めて、その隙にふたりを外に出して、逃げるようにわたしも家を出て……」

そんな事実があったことなど、全然知らなかった。

「ご主人の暴力は日常的に？」

「そういうわけではないんですけど、ときどき火がついたみたいに急に怒ったりして」

「全然知らなくて……」

「悟られないようにしてましたもん」

「それはご実家のご両親にも？」

「ええ。親から反対された結婚でしたし、ご近所の目もあるし、なによりもだれかに助けを求めたり愚痴ったりしたら、わたしの幸せなんて全部ウソになるって思ってたんですよ。でも、あの懇談のとき、先生が『ご主人はお母さんの話とか、ちゃんと聞いてくれますか？』って訊いてくれた。覚えてます？」

「ええ」

小さな小鳥のようだった紗由美の、十二年前の姿が鮮明に脳裏に浮かぶ。

「そんなふうに見てくれてる人がいると思うと、胸にずっとつかえていたものが取れたような気がして、あそこからまたがんばれたんです」

わたし、このパスタのセットにしようかしら、と紗由美はメニューを広げて指をさす。

「でも今はこうして、贅沢な時間を過ごすことができます」

贅沢な、時間――。

それは経済的なことばかりではない。

「実はわたしも、そうなのかもしれません」

夫と一緒でなければなにをやっても意味がないと、半ば信じていた時期があった。

「結婚生活に執着《しゅうちゃく》したままでいたら、いろんなものを見落としてしまうところでしたよ」

「先生、せっかくだから、グラスワインも頼みません？」

「贅沢な時間に乾杯ですね」

やってきた店員に紗由美はジェノベーゼのパスタのセットを、頼子はモッツァレラチーズのピザのセットを、そして白のグラスワインをふたつ頼む。

怯えた小鳥のようだった、美しかったけど、とても小さく見えた甲斐紗由美は、原紗由美に戻ってのびのびと羽根を広げている。

運ばれてきたグラスワインを互いに手に取る。頼子が掲げたグラスに、紗由美がグラスを合わせる。

自分が見ていたものはなんだったのだろう。生徒たちのことも、保護者も、そして自分の家族だった人も――。

「先生はさっき、結婚生活に執着したままでいたらっておっしゃいましたけど、わたしもそうです。夫があんな感じで、子どもたちが幸せになるわけがないのに、結局、なんの覚悟もなくて執着してばかり」

「でも今はこうしている」

「でもね先生、あの夜、夫から逃げてあの子たちを連れてこの店に来たことも、ずっと夫に遠慮して暮らしてきたことも、昴大に手がかかってどうしようもなかったことも、今となっては全部かけがえのない時間なんです。だから懐かしくなって、今日はこの店に来てみたくなったんです」

愛しいものをみつめるような目でワイングラスを覗き込み、紗由美はワインをひと口呑む。

「これ、安いのにけっこうイケる！」

華やかな笑みを見せる紗由美の頰が、ほんのりと紅い。

「よかったらおかわり、頼んでくださいね」

「はい」

少女のようにこくりと頷き、紗由美はまたワインをごくりと呑む。

このファミレスは紗由美にとって思いの深い場所だったのだ。

ふと頼子は紗由美の背中の向こうをみつめる。三十代だろうか。スーツ姿の女の人がひとりでピザを食べている。それがなぜか結婚していたころの自分の姿と重なる。

「ひとり映画は楽しいけど、こうしてたまにはだれかと過ごすのも、悪くないですね」

「先生、それはね、同じ映画を少し離れた席で観てたからですよ」

「どうして？」

「それがきっと、ちょうどいい距離の取り方、なんですよ」

昴大と江梨奈を育てて、そう思うことができたんです、と紗由美はフォークに巻いたパスタを口に含む。

「なんてね。ちょっと言ってみたかったんです。白状しますね。ほんとは先生と再会したときに、週末の夜にひとりで映画を観るのって、いいもんだなって」

「でも原さんもあのときひとりで……」

「あれがはじめてやったんです。なんだか先生がカッコよく見えて、ちょっと見栄を張ったっていうか」

首をすくめて紗由美が笑う。

頼子は手に取ったひときれのピザを口に運ぶ。

一緒になにかをしても心が離れたままの夫と過ごすより、ひとりのほうがずっといい。頼子はそんなふうに意地を張っていたのかもしれない。でも今やっと、週末の夜にひとりで過ごすことは、少しも淋しいことではないのだと心から思える。それはもしかしたら、紗由美のおかげかもしれない。ひとりでいることを尊重しあえるのに、だれかと語りあいたくなればそうすることもできる。紗由美との再会がそう教えてくれたような気がする。

口のなかにチーズの味が広がる。チーズがいつもよりもまったりとしているように感じられ、それがなんとも言えずおいしい。

サードライフ

新津きよみ

NIITSU
KIYOMI

長野県生まれ。青山学院大学卒。旅行会社、商社勤務を経て87年、横溝正史賞最終候補に。翌88年に『両面テープのお嬢さん』でデビュー。女性心理サスペンスを基調にした作品を多数手がける。

2018年『二年半待て』で徳間文庫大賞受賞。近著に『始まりはジ・エンド』『なまえは語る』など。『ミステリな食卓 美味しい謎解きアンソロジー』など、アンソロジー参加作品も多数。

1

不意に部屋が暗くなった気がして、滝本千枝子《たきもとちえこ》は天井を見上げた。照明が不規則なまばたきのように点滅している。天井に取りつけられたシャンデリアの形の照明器具には電球が四つはまっているが、そのうちのいくつかが切れかかっているのだ。

「この家の照明、全部LEDに取り替えようか」

「まだ大丈夫じゃない？　ちゃんと点《つ》いているんだからもったいないわ」

夫と交わしたそんな会話を思い出す。

栃木県N市のリフォーム済みの一軒家を購入し、引っ越してきて三か月。天井の照明は、購入した家についていたものだ。

「電球、取り替えなくちゃ」と、一人きりの部屋で、千枝子は声に出してみる。

「ああ、そうだな」と、答えてくれる人はいない。

二か月前、夫の善彦《よしひこ》は、自宅の庭で倒れて亡くなった。急性大動脈解離で、ほとんど即死の状態だったと、救急車で病院に運ばれたのちに判明した。少々太りぎみではあったものの、年に一回受けていた健康診断では内臓に異常は見つからず、喫煙もしなければ、お酒の量も控えていたので、まさか突然死に至るとは想像もしていなかった。

電球の買い置きがないのはわかっている。

「あわてなくても、ホームセンターに行って少しずつ買い揃えていけばいいよ。ほら、家庭菜園に必要なものを揃えないといけないしね。ここを終《つい》の棲家《すみか》と決めて、この地に骨を埋《うず》める覚悟で来たんだ。時間はたっぷりあるさ」

そう言っていた善彦だったが、その新居にたったひと月住んだだけで逝ってしまった。

居間の掃き出し窓から外をのぞくと、朝から降り続いている雨の勢いが激しくなっている。

——今日はもう外出は無理ね。

一番近いホームセンターまでは、歩いて四十分はかかる。千枝子は車の運転免許を持ってはいるが、ペーパードライバーに等しい。この地に越してくる前も自家用車の運転は、すべて夫任せだった。

「これからどうしよう」

つぶやいた声がかすれた。転居後に、地域の自治会長の家には夫婦で挨拶に出向いていた。近隣住民への挨拶は片づけが一段落してからと考えていたので、まわりは知らない人ばかりだ。まわりといっても、隣家とは五十メートル以上離れている。

転居した途端、伴侶《はんりょ》を失って虚脱状態でいた母親を気遣い、何度も東京から通いながら、葬儀のあとの煩雑《はんざつ》な法的手続きを傍らでしてくれた長女が東京に帰ったのが一週間前。その薫《かおる》とのやり取りが脳裏によみがえる。

「お母さん、一人になっちゃったんだから、ここに住み続けるのは無理でしょう？すぐにというわけにはいかないかもしれないけど、うちにくることも考えてね」

「あなたのところで世話になるわけにはいかないわ」

「じゃあ、どうするのよ。戸田《とだ》に戻る？　マンションはもうないんだよ」

埼玉県戸田市のマンションの売却代金を使って「終の棲家」を購入したのだった。

「でも、わたしはここの環境が気に入っているし……」

「気に入ったセカンドハウスかもしれないけど、お母さん、一人じゃ生きていけないでしょう？　お父さんに頼りきりだったお母さんが」

言いかけた言葉を強い口調で薫に遮られ、千枝子はその先の言葉を呑み込んだ。

――お父さんに頼りきり。

そのとおりだった。買い物に行きたいと言えば、車を出してくれたし、通院するにも送り迎えをしてくれた。東京のデパートに行き、帰りが予定より遅くなったときも、嫌な顔一つせずに駅まで迎えにきてくれた。手先も器用で、日曜大工も得意だった。洗面所に収納棚がほしいと思い、通販カタログを見ていた千枝子に、「ホームセンターで化粧合板《けしょうごうはん》を買ってきて自分で組み立てたほうが、ぴったりのサイズの棚ができるよ」と言い、数日後には実行に移してくれた。できあがった棚は使い勝手がよくて、材料費も驚くほど安かった。釣りの好きな善彦は、魚も千枝子より上手にさばけたし、学生時代は登山部に入っていてキャンプの経験も豊富だっただけあり、火加減にも通じていて、料理の手際がよかった。

もちろん、子育ても家の中のことも主婦の千枝子が中心になってやっていたのだが、「妻がいなくても困らない夫」だったのは間違いない。

「だけど、やっぱり、薫の家に住まわせてもらうわけにはいかないわ」

千枝子は、かぶりを振った。娘の家に同居したくない理由はちゃんとある。

「同居が嫌なら、もう一つの選択肢しかないね。うちの近くに部屋を借りる。それでいいでしょう？　お母さんには、それだけの経済的余裕はあるわけだし」

夫が亡くなって、妻の千枝子には死亡保険金が千二百万円入ってきたのを、手続きを一緒にした薫は知っている。

「でも……」

「もう、ぐずぐず言ってないで。田舎の知らない人ばかりの土地で、六十六歳の女が一人で生活していくなんて、絶対に無理なんだから」

薫は、苛立ったように声を荒《あら》らげて言い募《つの》る。「だって、お母さんって、抜けてててぼうっとしてて危なっかしいんだもの」

「抜けてる」と言われたことも「ぼうっとしてる」と言われたことも「危なっかしい」と言われたこともあったが、三つ同時に言われたのははじめてで、さすがにこたえて言い返さずにいると、

「まあね、おっとりしているところがお母さんのいいところで、お父さんもそこに惹かれてプロポーズしたんだと思うけど」

言いすぎたのを反省したのか、薫はトーンダウンして、とってつけたように母親の長所を言い添えた。

それでも、娘夫婦との同居には踏み切れない。黙っていると、

「蒸し返したくはないけど、わたしも渚《なぎさ》も相続放棄したんだから。そのことを忘れないでね」

薫は、相続放棄を説得の切り札に持ち出してきた。

次女の渚は、結婚して大阪に住んでおり、子供が二人いる。夫が亡くなったとき、二人の娘には父親の遺産を四分の一ずつ相続する権利があった。その権利を放棄したのだから、わたしたちの言うことを聞いてくれてもいいでしょう？　と、薫は言いたいのだろう。薫のところに子供はいないが、小学二年生と幼稚園児の男の子がいる渚のところは、これから教育費もかかる。お金はいくらあっても困らない。それなのに、一人になった母親の老後を慮《おもんぱか》ってあえて要求しなかったのである。

「わかったわ」

うなずかざるを得なくなり、千枝子はため息とともに言った。

——とにかく、明日、電球を買いに行こう。

その先のことを考えても仕方がない。目の前の予定だけ頭に入れて、早々とベッドに潜り込んだ。

2

ハンドルを握る手が汗ばんでいる。

「大丈夫、そのあたりを一周するだけだから」

千枝子は、自分の胸に言い聞かせて、勇気を奮い立たせた。幸い、夜半《やはん》に雨が上がって、今日は快晴、運転日和だ。

幹線道路につながる農業道路が、自宅の周辺を巡っている。農道だから交通量はそう多くはない。そこをゆっくり一周してみて、運転の感覚を取り戻そうと考えたのだ。運転に慣れれば、ホームセンターやスーパーまで車で行ける。

いつも助手席で夫の運転を見ていたから、操作の手順は知っている。右足をブレーキペダルに置いて、イグニッションキーを回す。耳に心地よいやさしいエンジン音に励まされて、ギアをドライブに入れ、サイドブレーキをはずした。アクセルペダルを踏むと、車がゆっくり動き出す。

運転免許を取得したのは、はるか昔、学生時代に教習所に通って運転免許を取るのが社会人への第一歩とされていた時代で、世のならいで千枝子も取得したようなものだった。

自宅の前の私道を慎重に進み、農道の前で左にウィンカーを出す。左折のときに少し膨らんでしまったが、あとは直線と緩やかなカーブの繰り返しである。一周したら、最後にまた左折して私道に入って、自宅のガレージまで戻ればいいだけの簡単な「教習コース」だ。

農道だけあって対向車はいない。幹線道路に出ないかぎり、信号のある交差点はない。

しばらく走り、道幅の狭い道が農道に接する箇所で念のため一時停止し、車がこないのを確認してからスタートさせようとしたときだった。エンジンが停まる気配があった。

試しにブレーキペダルから足をはなしても、車が前進していかない。アクセルペダルを踏み込んでも動かない。キーを回しても、エンジンがかからない。

千枝子は顔色を失った。一体、どうしたというのだ。よりによってこんなところで。ガソリンはあるから、ガス欠ではない。

――とにかく、助けを求めなければ。

ロードサービスを呼ぼう、と思い至って、左手を助手席に伸ばした瞬間、全身からすっと血の気が引いた。

助手席にあるはずの携帯電話を入れたバッグがない。「ちょっと一周するだけだから」と、何も持たずに玄関を出てガレージに向かってしまったのである。玄関の鍵と車のキーを手にしただけで。

家を出たときの自分の姿を思い起こした瞬間、「あっ」と、千枝子は声を上げていた。そうだ、運転免許証すら持って出なかった。

——どうしよう。

胸が激しく脈打ち、緊張で生じた汗が背中を流れ落ちる。すでにブラウスはぐしょぐしょだ。

「ほら、やっぱり、そうでしょう？　お母さんって、抜けててぼうっとしてて危なっかしいんだもの。だから言ったでしょう？　一人じゃダメだって。一人じゃ何もできないって」

薫の呆れ顔が頭の中で膨らみ、叱責《しっせき》の声が耳にこだまする。

とりあえず、車から降りて助けを求めよう。そう決めて運転席から降りたが、人っ子一人出会わなかったのを思い出して、またしても絶望的な気分に襲われた。車をここに置いたまま、電話をかけに家に戻ったほうが早いかもしれない。

駆け出そうとしたとき、待望の対向車がやってきた。ワゴン車だ。ナンバープレートを見て、地元の車だとわかった。運転席に男性が乗っているだけで、ほかに誰もいない。

千枝子はとっさに両手を上げて、洋画で観たヒッチハイクの場面のように激しく振った。

「どうしました？」

ワゴン車がとまり、運転席の窓を開けて、四十歳くらいの日に焼けた男性が聞いてきた。

「あの、すみません。車がうんともすんとも動かなくて。ガソリンはあるんですけど。娘が一度動かしたあとは、ずっと乗っていなかったんです」

「じゃあ、バッテリーが原因かな」

男性は、たいしたことでもないように言い、うなずいた。

「すみません、ケータイも持ってなくて。ロードサービスを呼んでくださいませんか？」

「呼ばなくても大丈夫ですよ。ブースターケーブルがあると思うから」

男性は言うなり、ワゴン車から降りると、「ちょっと一緒に押してもらっていいですか？」と、千枝子に指示を出す。千枝子の車を後退させたいらしい。車の前に回り込んで、一緒に並んで車体を押すと、思ったより簡単に動いた。

あとは、まるで魔法——手品を見ているようだった。男性は、ワゴン車を動かして千枝子の車と向かい合わせにとめると、双方のボンネットをいともたやすく開ける。ワゴン車から持ち出してきた何やら太い電気コードのようなものを、双方のエンジンルームをのぞきこみながらてきぱきとした動作でどこかにつなげる。「ああ、うん、これかな」「うん、これでいい」などと、何やらひとりごとを言いながら。仕組みはよくわからないが、自分のワゴン車から電気を分けてくれたらしい。

　そして、「ちょっと試してみますよ」と言うと、千枝子の車の運転席に乗り込んでイグニッションキーを回した。エンジン音が快調に響く。

「動きますよ。電気量が減っていたか、バッテリーが劣化していたんでしょう。家は近くですか？」

「ええ、すぐそこです」

「じゃあ、大丈夫でしょう。だけど、応急処置ですから、ちゃんとディーラーに見てもらったほうがいいですよ」

「そうします。ありがとうございました。助かりました。あの、今度お礼させてください」

「いや、いいですよ」

「それではわたしの気持ちがすみません。連絡先を」

「いいです、急いでいるんで」

　頭をかきながら言って、男性はワゴン車に乗り込んだ。

3

自宅に続く私道に入ると、家の前に品川《しながわ》ナンバーの車がとまっていた。何度か切り返して、バックでガレージに車をおさめる。

玄関前に現れた薫は、仁王立ちになっていた。

「どうしたの？」

連絡もなく来たことに驚いて聞くと、

「心配で朝早く出てきたのよ、休みだし。買い物にも行けてないかな、と思ってね」

と、薫は眉をひそめて答える。「お母さん、ドライブしてたの？」

「ドライブなんて。その辺を一周しただけよ。運転に慣れておかないと」

「ケータイも持たずに？」

薫は表情を変えずに、顎を上げぎみにして続けた。「台所のカウンターにケータイが置きっぱなしだったよ。外に出るときは、携帯電話くらい持って出てよね。何かあったら困るでしょう？」

「あ、ああ、うん、そうね」

薫は家の鍵を持っている。善彦が亡くなったあと、役所やスーパーに何度も通ってくれたから、自由に出入りできるようにと鍵を渡しておいたのだ。

「何かあったの？」

「いえ、別に」

「だって、汗びっしょりだよ」

薫は、昔から妙なところでひどくカンのいい子だった。

「それはそうよ。すごく久しぶりに運転したんだもの。緊張で汗くらいかくわよ」

喉が渇いたから中で何か飲みましょう、と言い継いで、千枝子は家に入った。

「電球を買いに行くつもりだったの？」

居間のちかちかしている照明器具を指差して、薫が言った。

「まあ、そうね。運転に慣れたらホームセンターやスーパーまで行けるから。いまはちょっと練習のつもりでその辺を運転してみたの」

「電球なんかわたしが買ってくるよ。早いほうがいいでしょう？」

自分のバッグをつかんで玄関に戻ろうとした薫が、ふと動きをとめて、視線をダイニングテーブルの椅子へと流した。そこに千枝子のトートバッグがある。

「お母さん、何も持たずに車に乗ったわけ？」

「あ……」

娘の動きを予想して千枝子が制止する前に、薫が母親のトートバッグをつかんだ。中から財布を引き出し、カード入れに挟まれたいまや身分証明書にすぎない役割の千枝子の運転免許証を引き出す。

「まさか、運転免許証も持たずに車に乗ったの？」

薫が鋭い目で睨んでくる。耐えられずに、千枝子は視線をそらす。

「信じられない」

薫は、ぶるぶると首を左右に振って、「これでわかったでしょう？　やっぱり、お母さんには一人で生きる力はないって。いますぐ荷物をまとめてわたしたちのところにきて」と、勝ち誇ったように言い放った。

4

冷蔵庫にあった食材で手早く煮物を作ると、サラダと一緒に食卓に置いて、千枝子はバッグをつかんだ。ドア越しに、居間の隣の部屋に声をかけようとした瞬間、それは聞こえてきた。「チェッ」という強い舌打ちの音だ。

千枝子の足はすくんだ。その音を耳にすると、心臓が縮こまる。

「はいはい、わかりました。ったく、いつもこうなんだからな」

室内から聞こえてきたのは、男性のひとりごとである。薫の夫の弘樹《ひろき》の声だ。今週は自宅でのリモートワークが続くのだという。薫は、朝早くに大崎《おおさき》の会社に出勤していった。弘樹は、仕事中に何かトラブルでもあったのか、パソコン画面に向かって苛《いら》立《だ》ちをぶつけたのだろう。キーボードをせわしげに叩く音が聞こえてくる。

「弘樹さん。食卓にお昼の用意がしてあるから。わたしはこれから不動産屋を回るわね」

千枝子は大きく深呼吸をして、部屋の外から声をかけた。

「えっ？」

声量の衰えた千枝子の声が聞き取りにくいのか、「えっ？」と頻繁に聞き返すのも、舌打ちと同じく弘樹の癖である。

声を張り上げて同じセリフを繰り返すと、玄関から出た。

薫夫婦が住んでいるのは、品川区内のマンションだ。都内の大学を出て大手の通信会社に就職した薫は、そこで知り合った弘樹と三十歳で結婚した。家庭を持ったのだから、すぐにでも子供を望むだろうと思っていたが、意に反して薫はこう宣言した。

「わたしたち、子供はもたないって決めたの。都会で夫婦だけの快適な暮らしを続けていくつもり」

世代が違うのだし、そういう考えもあっていいだろう。千枝子は、あえて反論はしなかった。四十歳を前に会社では責任あるポストに就いていて、成果も出しているらしい。夫婦ともに高給取りで、結婚と同時に購入したマンションのローンの支払いも滞《とどこお》る心配はなさそうだ。自分とはまるで違う生き方のそんな娘を、性格がきつい面があるとはいえ、千枝子は尊敬している。千枝子が苦手なのは、娘よりも娘婿のほうだった……。

駅前の目についた不動産屋に入った。七十歳近い女性の訪問に最初は警戒ぎみだったスタッフの男性も、「娘夫婦がそこのマンションに住んでいまして、近くにわたしが一人で住む部屋を探しているんです」と告げると、「そうですか」と表情を和らげて、いくつか物件を紹介してくれた。「週末にでもまた娘と一緒にまいります」と言って、チラシ何枚かを手に店を出た。

品川駅近くのホテルのティーラウンジで、松田尚美《まつだなおみ》と待ち合わせている。千枝子が高校まで過ごしたのは千葉県船橋市《ふなばしし》だったが、そこの高校で一緒だった友達だ。卒業後は疎遠になった時期もあったが、子供たちが社会人になって時間と気持ちにゆとりが生じたころから交流が復活した。

「大変だったわね。ごめんね、葬儀にうかがえなくて」

松田尚美は、千枝子の顔を見るなり、席を立って頭を下げた。施設に預けている彼女の百歳近い母親が体調を崩した時期と重なって、善彦の葬儀には参列できなかったのである。

「どう？　落ち着いた？……って、そんなわけないよね。突然だったものね。落ち着くわけないよね。あなたたち、とっても仲睦《むつ》まじいご夫婦だったし」

「いいのよ。あれがあの人の運命だったと思って、もう……」

諦めているわ、と言いかけて、不覚にも涙が出てしまい、千枝子はハンカチでまぶたを押さえた。夫を亡くして以来、人前で泣くのをずっとこらえていたことに気づいたのだった。

そんな千枝子を、松田尚美は、しばらく黙って見守ってくれた。

「ありがとう。気遣ってくれて」

千枝子は顔を上げて、ぎこちなく微笑んでみせると、「部屋探しをしなくちゃね」と話題を転じた。

「娘さん夫婦のそばに住むんだって？　引っ越したばかりなのに」

松田尚美は眉をひそめる。そのことの相談もあって、「会いたい」と彼女に連絡したのである。

「気が進まないんだけどね。知らない町だし。でも、仕方ないかな、と思って。栃木のほうだって、住み慣れた町ってわけじゃないから。友達もまだいないのは同じ」

運ばれてきたコーヒーに口をつけて、千枝子は言った。

「東京に住んで何をするの？」

「何って……」

「娘さんのところ、子供はつくらない主義なんでしょう？　孫の世話をするわけじゃないし、そばに住んで何をするつもり？」

松田尚美には息子と娘がいて、どちらもそう遠くない距離に住んでいるため、五人の孫の世話に駆り出されて忙しくしているという話は、愚痴交じりに聞かされていた。

「そうねえ……」

言葉に詰まる。善彦が再雇用後の会社を退職したとき、夫婦で顔を突き合わせて老後の生き方を考えた。そして、「ここを売って、庭つきの家に住もう」という結論に達した。移住先も二人で話し合って決めた。戸建てにこだわったのは、子供たちが小さいころ、マンションの上階に住んでいて、エレベーターを使って外に遊びに出るのを億劫《おっくう》がったからだった。二人の孫たちには別荘にでも行く気分で遊びにきてほしかったし、思いきり土いじりもさせてやりたかった。晴れた日は家の近くを散歩したり、マンション暮らしではできなかった家庭菜園を楽しんだり、雨の日は家の中で本を読んだり音楽を聴いたりする。そういうのんびりした晴耕雨読のセカンドライフを送るつもりだったのに、始まった矢先に伴侶を失って人生設計が狂ってしまった。

「おひとりさまの過ごし方、か」

何げなくつぶやいた松田尚美の言葉に、千枝子はハッと胸をつかれた。

「みんな、どうしているのかしら。寿命からいえば、女性のほうが男性より長生きするでしょう？　わたしみたいに夫に先立たれた女は、どうやって生活していると思う？」

「そうねえ。いま、その種の本がけっこう出ているよね。死別や離婚で、一人になった女性の暮らしぶりを書いた本が。団地でつましく年金暮らしをする高齢女性とか、質素な生活でも外に目を向けて、心豊かに楽しく生きる女性とか。わたしたちより上の七十代、八十代の女性が中心かな。百歳を超えて、元気に一人暮らしをしているおばあさんの本もあったわね」

「夫婦で地方に移住したものの、夫に死なれて一人になったわたしみたいな例は？」

「それは聞いたことないけど、高校時代の同級生で、ご主人を亡くした人なら知ってるわ」

松田尚美は、同級生の名前を二人挙げたが、どちらも千枝子と親しく会話をするような仲ではなかった。だが、自分の年齢で夫を亡くした女性がいると知っただけで、少し気持ちが軽くなったのも事実だった。

「離婚で一人になった人もいるわ。隣のクラスの三谷《みたに》さん、覚えてる？　あの人、熟年離婚したみたいよ」

三谷という名前は覚えているが、顔は思い出せないので、千枝子は首を振った。

「そういえば」

と、松田尚美は目を輝かせた。「堀米《ほりごめ》君もシングルになったみたいよ」

「えっ、堀米君、離婚したの？」

ドキッとした。高校時代、ラブレターをもらった相手である。渡された手紙には、日時と場所が指定されてあり、そこで待っている、と書かれていた。サッカー部に入っていて、成績も中の上クラスのカッコいい子で、女子に人気があった。けれども、千枝子は待ち合わせ場所には行かなかった。行く前に、学年の女子の中で一番かわいかった子が堀米君に熱を上げている、といううわさを耳に入れてしまい、気後《きおく》れしたからだ。待ち合わせ場所に現れなかったことでそれきりで終わり、二人の仲は発展することはなかった。その話は千枝子の胸にしまったまま、誰にも話してはいない。

「堀米君に会ったの？」

「ううん、会ってはいない。堀米君と仲がよかった男子がいたでしょう？　小林《こばやし》君と新保《しんぽ》君。いつも三人でつるんでいたじゃない。半年前だったか、その二人を街中で見かけたの。わたしも知り合いと一緒だったから、長話はできなかったけど、『堀米君とは会ってる？』って聞いたら、『ああ、まあ元気だよ』『堀米は結婚後も改築した実家に住んでいるんだよな』って。『でも、シングルになったんだよな、この年で』って、小林君がニヤニヤしながら言ったから、わたし、驚いちゃって、それ以上聞かなかったけど。だから、彼も熟年離婚なんじゃない？」

「へーえ、そうなの」

平静を装ってうなずいたものの、心の中は穏やかではなかった。

5

その夜、喉の渇きで目が覚めた。枕元の時計を見ると、深夜一時半だ。娘のマンションは３ＬＤＫの間取りで、廊下を挟んで個室が二つある。一つは夫婦の寝室になっていて、向かいの本来子供部屋にあてられそうな部屋を千枝子は使わせてもらっている。ベッドはなく、薫がフローリングに分厚いマットレスを敷いて寝床を作ってくれた。

当然、娘夫婦ももう就寝しているだろうと思い、そっとドアを開けて廊下に出た。ふと見ると、真ん中だけガラスがはめられた居間のドアから明かりが漏れている。まだ誰か起きているのか。足音を忍ばせて近づくと、夫婦ともに起きて、何か話している。「だってさ」という弘樹の声が不意に耳に突き刺さって、千枝子はビクッとし、壁に背をつけた。

「好きでもない煮物を食べさせられてさ、あれは拷問《ごうもん》だよ。お昼なんかこっちは適当に食べるのにさ」

「ごめん。お母さんには前に言ったんだけど、ほら、ぼうっとしているから忘れているみたい。弘樹、筑前煮とか肉じゃがとかそういうの、苦手なんだよね」

「これからも口に合わないものが食卓に出されると思うと、気が重くてさ。こっちも箸をつけないわけにはいかないだろ?」

「だから、ごめんって。お母さん、『お世話になるのだから、せめて昼食くらいは作らせて』って言うから。今週中に部屋を決めてもらうから、それまで我慢してよ」

「ああ、わかった」

「悪いことばかりじゃないし。だって、お母さんには保険金も入ったし、貯金もかなり残っているんだよ。子供ができたら、やっぱり、母親には近くにいてもらわないと。うちの会社、正社員のまま順調にやっている人たちは、そういう人ばっかりでしょう？　いくら保育園があるからと言ってもね」

「そうだな」

「だから、そろそろでしょう？　わたしももう三十九だし……」

その先の会話を聞く気力は残っていなかった。千枝子は呆然とし、腕に鳥肌が立つのを覚えた。震える足で部屋に戻り、寝床の中で暗い天井を見上げていた。

そういえば、と弘樹との結婚を決めたときの薫の言葉を思い出した。「結婚相手はね、家庭料理とかあんまり好きな人じゃないのよ。それが決め手になったというのも変な話だけど。子供が好きそうなカレーとかハンバーグとか、買ってきたコロッケさえ出しておけば、それでいいって人だからラクなの」

薫の口癖は、「わたしはね、専業主婦のお母さんを反面教師にして育ったの。いくら夫に愛されても、生きがいのある仕事も持たず、経済力のない女にはなりたくない」だった。そんな薫を妻に選んだ弘樹なのだから、自分の妻とは正反対の生き方を選び、正反対の性格である、抜けてて危なっかしい義母のことなど好きになるはずがないのだ。

――子供をもたない人生を選択した二人だったけど、やっぱり、子供がほしくなったのね。

二人の会話にショックを受けはしたが、そのことだけは前向きにとらえよう、と千枝子は思った。

6

電球を取り替え終わると、千枝子はホッとため息をついて、椅子から降りた。けさ、二人が起きてくる前にマンションを出て、栃木の自宅まで帰る途中、いくつか店に寄って電球や食料品などを買い込んだ。着替えが入ったキャリーケースに食料品や日用雑貨でいっぱいのトートバッグをくくりつけると、まるで家出主婦のような滑稽なスタイルになった。駅から自宅まではタクシーを使った。

「栃木の家に帰ることにしました。わたしのことは心配しないで。自分たちの生活を大切にしてください」

薫に宛てた手紙は、寝室に置いてきた。その後何度も薫からＬＩＮＥがきたが、無視した。電話にも出ないでおいた。次の休みに薫はまた車を走らせて母親の様子を見にくるかもしれないし、自分たちの深夜の会話を立ち聞きされたと感づいて、気まずさからしばらく放っておいてくれるかもしれない。

いずれにせよ、二度と薫のマンションに戻るつもりも、その近くに住むつもりもない。

——完全に一人になってしまった。これからどうしよう。

相談役だったしっかり者の娘と、こちらから縁を切った形である。誰にも頼らず、一人で生きていくよりほかない。だが、がんばって一人で生きていくぞ、という強《きょう》固《こ》な決意までは持てずに、千枝子は迷っていた。

——堀米君が独り身になったという。

松田尚美から仕入れた情報にとらわれている。高校時代、堀米君の想いを受け入れていたら、その先どうなっていただろう、彼もまた頼りがいのあるやさしい夫になっただろうか、などと想像している自分に気づいて、誰も見ていないのに顔を赤らめたりした。堀米君との結婚生活を思い描いているなんて、死んだ夫に対する冒瀆《ぼうとく》ではないだろうか。夫を亡くしてからまだ二か月しかたっていないのに、自分は何て不謹慎で、非情な女なのだろう。

こみあげた邪念を追い払うように、千枝子は首を振った。気持ちが落ち着いたところで、リビングボードの引き出しからハガキを一枚取り出した。

ダイニングテーブルでハガキを前にボールペンを手にしたとき、外で物音がした。玄関のまわりに敷かれた砂利《じゃり》の上を、誰かが歩いている。車の音はしなかったから、薫が追いかけてきたのではない。

——不審者？

心臓が飛び出すほどの恐怖を覚えた。この家に一人きりなのだ。何が起きても一人で対処しなくてはならない。誰も守ってはくれないのだ。

掃き出し窓のカーテン越しにおそるおそる外を見る。途端に脱力した。自分よりはるかに年上の小柄な女性が、庭先に佇《たたず》んでいる。

「何かご用でしょうか」

それでも多少は警戒して、開けた掃き出し窓から声をかけた。

「ああ、○○さん」

と、八十代後半に見える女性は、眼鏡の奥の目を細めながら、よく聞き取れない名前で千枝子に呼びかけた。

「滝本ですけど。何かご用でしょうか」

「わたしはねえ……」

そのあとの言葉は、口の中でもごもごとつぶやかれただけだった。

「どちらさまでしょうか」

相手の名前を尋ねたが、老女のひとりごとが続くだけである。足元に目をやって、千枝子はギョッとした。サンダルを右しか履いていない。その赤いサンダルは泥で汚れている。白い靴下も汚れてまっ黒になっている。

「あの……よかったら、足を洗ってください」

女性の素性はともかく、このままにしてはおけない。寒い季節でなくてよかったと安堵しながら、お湯を汲《く》んだポリバケツとタオルを用意すると、玄関から外に出た。

女性の定まらない視線に気づいて、千枝子は〈もしかして〉と思った。玄関に招き入れると、三和土《たたき》に置いたスツールに座らせた。女性は、されるがままになっている。靴下を脱がされ、足を洗われ、タオルで拭かれ、「きれいになりましたよ」と言われると、「ありがとう。ハルコさん」と、千枝子に向かって礼を言った。

――近隣に住む認知症の高齢女性が、道に迷ってここに来たのだ。

そういう状況が察せられた。

女性を居間に連れていき、ソファに座らせた。グラスに麦茶を注いで「どうぞ」と差し出すと、相当喉が渇いていたのか、女性は一気に飲み干した。

ひと息ついたところで、千枝子は「どちらからいらしたのですか?」と質問した。

だが、女性は答えず、首をかしげるだけだ。胸元にのぞいた紐に気づいて、「いいですか?」と断って慎重に引き出してみると、紐の先に札がついていて、連絡先の電話番号と「井村《いむら》」という姓が記してある。

徘徊癖《はいかいへき》のある認知症の女性なのだろう。きっと家族は心配して捜しているに違いない。だが、札にある番号に電話をしようとした矢先、

「ハルコさん、ごめんね。わたし、おばあちゃんを殺しちゃったのよ」

という不穏な言葉が井村さんの口から発せられて、千枝子は思わず手をとめた。

「悪いことをした、かわいそうなことをした、と後悔してるの。だけど、いまさらどうしようもない。あなたもそう思うでしょう? 人生にはどうしようもないことが起こるって」

井村さんは、しわしわの手で顔を覆う。

「ええ……はい」

千枝子はうなずいた。人生にはどうしようもないことが起こる。それはそのとおりだ。

「わたしが悪いと思う?」

「それは……一概には言えないと思います」

「そう？」

「はい」

「あなたもつらいことがある？」

「はい」

「どんな？」

千枝子は、ここに越してきてまもなく夫が死んで一人になったこと、東京にいる娘にここを引き払うように言われたけれど、やっぱりここに戻ってきたこと、これからどうやって一人で生きていけばいいのかわからず、不安でたまらないことなどを話した。きちんと伝わらなくてもかまわなかった。その昔、若かった彼女が年老いた家族の介護を満足にできずに、そのときの後悔の念が「殺しちゃった」という不穏な表現になったのかもしれない、と受け止めることもできる。

「ハルコさんはどこ？」

唐突に、井村さんはまたその名前を口にして、あたりをきょろきょろ見回し始めた。潮時だろうと考えて、千枝子は、紙に書かれていた番号に電話をした。

7

十分ほどで玄関チャイムが鳴り、井村さんの家族が車で井村さんを迎えにきた。迎えにくるまでのあいだも、井村さんはずっと脈絡のない話をし続けていた。

「すみません。おばあちゃんがご迷惑をおかけして。あたりを捜し回っていたんですけど、見つからなくって、また町の防災無線で流してもらおうと思っていたところでした」

と、千枝子と同世代か少し下に見える女性が、玄関先で頭を下げた。井村さんの娘か、あるいは嫁という立場の女性か。防災無線と聞いて、何度か防災訓練のお知らせなどが風に乗って流れてきたのを、千枝子は思い出した。

「そのスリッパ、返してくださらなくて結構ですので」

千枝子は、ビニール袋に入れた赤いサンダルと手洗いした靴下を井村さんの家族に渡しながら、井村さんの足元を見て言った。裸足《はだし》で帰すわけにもいかず、来客用の上質なスリッパを履かせてあげている。

「ありがとうございます」

井村さんの家族は礼を言って、老女の肩を支えながらゆっくりと車に乗せた。

帰り際、千枝子は、運転席の開いた窓から井村さんを迎えにきた女性に聞いてみた。

「失礼ですけど、ハルコさんとおっしゃるのですか？　おばあさまが『ハルコさんはどこ？』と聞かれていたので」

「わたしですか？　わたしは……」

「ハルコさん、早く出して」

言いかけたのを後ろのシートの井村さんに急かされて、運転席の女性は苦笑しながらこう答えた。

「わたしの名前は、トシコです。でも、ハルコって呼ばれるので、つき合ってハルコになってあげているんです」

「ハルコさんというのは？」

「さあ、誰だかわからないんですよね。おばあちゃん……わたしの母ですけど、認知症になってから謎めいたことばかり言って。だけど、たまにしゃきっとなることもあるんです。足は丈夫だから、ちょっと目を離した隙に外に出ていっちゃって困っているんですよ」

トシコさんは肩をすくめると、「お世話になりました」と言って車を発進させた。

家に入った千枝子は、ダイニングテーブルの上に用意してあったハガキを見つめながら、短い文面を考えた。さっきまでこの部屋にいた井村さんの姿と二十年後の自分の姿が重なる。理解ある家族がそばにいるだけ、井村さんのほうがわたしよりましだ。そう思った。

前略　堀米君、お元気ですか？　旧姓富永《とみなが》千枝子です。現在、栃木県N市に移住して、おひとりさまライフを送っています。先日、松田（藤崎《ふじさき》）尚美さんと会って、懐かしい高校時代の話になりました。自然に囲まれたこの地で、同窓会を開いて旧交を温めるのもいいかもしれません。ぜひ一度お出かけください。　草々

8

見知らぬ女性の訪問を受けたのは、それから十日後だった。相手が女性であろうと用心して、すぐには玄関のドアの鍵をはずさないようにしている。インターホンで確認すると、「堀米です」と女性は名乗った。

――「堀米」って……。

嫌な予感がした。玄関のドアを開けると、喪服のように黒いワンピースを着た、千

枝子と同世代の大柄な女性が立っていた。

「堀米悠人《ゆうと》の妻です」

女性は、千枝子の顔から視線をそらさずに言った。

あっ、と千枝子は内心で声を上げた。堀米君のフルネームである。

「いただいたおハガキに『ぜひ一度お出かけください』とあったので、来てみたんです。主人のかわりにわたしが」

「そうですか。どうぞ」

うろたえながらも家の中に招《しょう》じ入《い》れようとしたが、「いいえ、結構です、ここで。タクシーを待たせてあるので」と断られた。

「こちらに移住されたんですか？　お一人で？」と、女性が続けて問う。

「あ、いいえ、移住したあとに主人が亡くなって……」

「あら、そうなんですか。それで、おひとりさまに？　それで、こちらで同窓会を？　そうですね、自然豊かで人目につかないところですから、ひそかに旧交を温めるには格好の場かもしれませんね」

堀米悠人の妻の言葉には、皮肉が露骨に含まれていた。

「同窓会の話は、具体的にはまだ……。友達と一緒に話を進めていきたいと思っていて」

「あら、そう。お友達って、旧姓……藤崎尚美さん、でしたか？」

「えっ？　あ、はい」

ハガキの文面を諳《そら》んじているのだ。

「でもねえ、奥さま」

と、堀米悠人の妻は、困ったように眉を寄せて笑ってみせると、よどみなく言葉を重ねた。「同窓会なんか開かないほうがいいですって。うちの主人に会ったら、がっかりしますよ。昔の面影を頭に描いているのでしたらね。そりゃ、大学まではサッカーをやってたから、身体も引き締まってて女性にモテたみたいですけど、結婚してからは家庭にどっぷり浸かって緊張感をなくしたというか、身体も心も緩んじゃってね。スポーツといっても熱心にやったのは、接待ゴルフくらいです。でも、ゴルフのあとでもビールをガバガバ飲むからお腹が出ちゃって。いまのあの人は、お腹まわりもすごければ、髪の毛も薄いし、昔の面影なんてまるでありません。奥さまの夢をぶち壊すことになりますよ」

「そんな……」

顔から火が出るほどの羞恥心《しゅうちしん》に襲われて、千枝子のほうは二の句が継げない。

「まだ七十前だっていうのに、自分の歯なんか九本しかなくて。あとは入れ歯ですよ。本人は、サッカーやゴルフをやってたときに歯を食いしばりすぎたせいで、年をとってから歯茎が脆《もろ》くなったんだ、なんて言い訳していますけどね。違いますよ。不《ふ》摂生《せっせい》で、手入れを怠ったせいですよ。本人は負け惜しみなのか、『ゴルフではシングルになれなかったけど、歯ではシングルになったよ、この年で』なんてふざけたことを言っています」

おかしいでしょう？　笑ってやってくださいな、と千枝子に笑いを求めておいて、堀米悠人の妻は自分が豪快に笑った。

「では、タクシーを待たせすぎるのも悪いので、これで失礼します」

と言って、堀米悠人の妻は、嵐のように去って行った。

玄関のドアを閉めると同時に膝の力が抜けて、その場にへたりこんだ。堀米君は、熟年離婚などしていなかった。「シングル」の意味を、松田尚美も千枝子も間違って解釈していたのだ。ゴルフで「シングル」といえばハンディキャップが一桁という意味だが、その「シングル」とも違う。「8020《ハチマルニイマル》運動」という言葉がある。長寿社会になったいま、健康に留意して、八十歳になっても二十本以上自分の歯を保とうという運動で、日本歯科医師会が推進している。二十本が目標なのに、高校時代女の子に人気だった堀米君は、六十代にして自分の歯が九本しかない――すなわち、「シングル」だという。堀米君の旧友二人は、昔カッコよかった友達を軽く揶揄したのだろう。

堀米悠人の妻に心の中を見透かされ、牽制《けんせい》され、からかわれたのだ、と千枝子は思った。

確かに千枝子は、寂しさを紛らわせたくて、高校時代自分に気があった堀米君宛てにハガキを書いた。あわよくば、シングル同士熟年の恋に発展……という思惑もなかったとは言い切れない。堀米君は、結婚後も実家を改築して住み続けていると聞いたので、昔の名簿の住所に宛てて出したのだ。封書では相手が深刻に受け止めるかもしれないからハガキにしよう。そこまで計算した上での投函だったが……。郵便受けに夫より先に見つけたハガキを、堀米悠人の妻は隠し持っていたに違いない。

――おひとりさまになったからといって、わたしの夫を誘惑しないでくださいね。

堀米悠人の妻にそう釘を刺されたのだ、と千枝子は悟った。

9

一週間後、ふたたび来訪者があった。自治会長の妻、武居《たけい》伸子《のぶこ》だった。千枝子よりひとまわり上だから、今年七十八歳になるはずだ。夫婦で挨拶に訪れたときにあちらから千枝子に年齢を聞いてきて、そのあと二組の夫婦で短時間とはいえ話が盛り上がったことを思い出して、千枝子は少ししんみりした。

「ご焼香させていただいていいかしら」

「どうぞ。お願いします」

武居伸子を仏間に連れていく。武居伸子の夫が自治会長を務めていることもあり、善彦の死は電話で伝えてはあったが、葬儀のことを聞かれて、「越してきたばかりですし、うちうちでします」と答えたのだった。

用意した紅茶のセットを持っていくと、焼香を終えた武居伸子は座卓の前で身を正した。

「大変だったわね。お疲れになったでしょう？」

ひととおり労《いたわ》りの言葉を述べてから、「東京から娘さんがこられていたわよね」と、武居伸子は用件らしきものを切り出した。

「ええ」

「それで……娘さんに、一緒に東京で暮らさない？　って言われた？」

年上ということもあり、武居伸子は気さくに話しかけてくる。千枝子は気分がほぐれるのを感じた。

「言われました」

「で、どうするの？　東京に行く？　ここにいる？」

「東京はわたしの肌に合わなくて」

ここにいます、と言い切れずに、そんな表現で返した。

「先日、井村サトさんをこちらで保護された件だけど」

武居伸子は、いきなり話題を変えた。これが本題なのかもしれない、と千枝子は察した。

「サンダルを片方なくされた高齢の女性ですね」

「その井村さんのご家族が、あなたにとても感謝しておられてね。わたしからもお礼を伝えるように言付《ことづ》かっていて」

「いいんです。たいしたことじゃないので」

「あの井村サトさん、今年九十一歳になるんだけど、何年か前から認知症になっていてね。実の娘さんの名前も忘れるくらいだったの」

「娘さんは『トシコさん』なのに、『ハルコさん』と呼ぶんですよね？」

「それが、ここに来てあなたと話した日を境に、ガラッと変わったんですって」

武居伸子は、目を見開いて言った。「娘さんの名前を思い出したのか、きちんと『トシコ』って呼ぶのだとか」

「じゃあ、ハルコさんは……」

「それが……」

そこで、武居伸子はプッと噴き出した。しばらく手で口を押さえていたが、表情を引き締めると千枝子を指差した。「ハルコさんは、あなたのことみたい。『ハルコさんがわたしの足を洗ってくれた、ハルコさんが足を拭いてくれた、ハルコさんが新しいサンダルをくれた』って、嬉しそうに繰り返し話すそうなの」

「えっ、そうなんですか」

驚いた。今度は、千枝子が「ハルコ」になったらしい。井村サトさんにあげたのはサンダルではなく来客用スリッパだが、そんなことはどうでもいい。千枝子は、あの徘徊を繰り返す女性と心が通じ合った喜びを感じていた。

「それで、サトさんは、『またハルコさんに会いたい、会いたい』ってうるさいみたいなの。だから、よかったら、また会ってくれませんか、ってご家族が言うのよね」

「それはかまいませんけど」

「それでね」

と、武居伸子は、顔を輝かせてやや身を乗り出した。「千枝子さん、傾聴《けいちょう》ボランティアというのを、やってみる気はないかしら」と、千枝子を名前で呼んで、何やら聞きなれない用語をその厚めの唇から繰り出した。

「傾聴ボランティア……ですか？」

「むずかしく考えなくていいのよ。相手の言葉を受け止めて、気持ちをラクにさせる。孤独な高齢者とか、ひきこもりや不登校の若者、病気や障害を抱えた人。そういう人たちの『話したい』『聞いてほしい』という要望に応える仕事なの。あなたには、人の話をじっくり聞く能力がある、そういう素質がある、とわたしは最初に会ったときに見抜いたの。主人も同感だったみたい。だって、千枝子さん、相づちを打つのがとってもうまいもの」

「でも、わたしには何の知識もなくて」

急な話に戸惑いを覚えたが、死んだ善彦にも「君は聞き上手だね」とよく言われたことを思い出した。

「市の社会福祉協議会でカウンセリングの講座を開いているの。とりあえず、それに参加してみない？　お仲間もできると思うわ」

「そうですね。わたしでよければ」

傾聴ボランティアにも興味があったが、それよりも「お仲間もできる」という言葉に強く惹かれた。それに、専門の講座を受講すればいいのであれば、知識も得られるから魅力的だ。

「じゃあ、決まりね。カウンセリングの講座だけじゃなくて、ほかにもいっぱいおもしろい講座があるのよ。一人暮らしの高齢者にお弁当を届ける配食サービスとか、そのための料理教室とか、介護予防の筋トレ教室とか。筋トレにはわたしも参加しているわ。千枝子さんもどう？　千枝子さんが参加してくれたら、若手が入ったと言って、みんな喜ぶわ」

両手でダンベルを持ち上げる動作をしながら、武居伸子が笑顔で勧誘してくる。

「筋トレ、わたしもやってみたいです」

千枝子も、笑顔でその動作をまねた。

「じゃあ、そういうことで。また連絡するから」

武居伸子が立ち上がったのと同時に、表で車の音がした。

「グッドタイミング。迎えを頼んであったのよ。うちからここまで歩いて十五分。いい運動になったわ。わたしは腰痛があるし、年だから、運転はもうやめたの。これから甥っ子の車で買い物に行くのよ。甥っ子は隣町に住んでいて、工務店に勤めているの」

千枝子が玄関のドアを開けると、ワゴン車から降りて歩いてきたのは、見覚えのある顔だった。車のバッテリーが上がったとき、助けてくれた男性だ。

「ああ、滝本さんって、あのときの方だったんですか。ガレージの車を見て、そうかな、と思ったんですけど、やっぱり」

武居伸子の甥っ子は、日に焼けた顔をほころばせて言い、ちょっといたずらっぽい目になると言《い》い継《つ》いだ。「で、どうですか？　バッテリーの調子は？　ちゃんと運転できていますか？」

「それが、あれから全然してないんです。亡くなった主人に任せきりだったから、ガソリンの入れ方も知らなくて。出張教習を頼もうかと思っています」

「そんなの、ぼくが教えますよ。出張教習なんかお金がかかるじゃないですか」

「えっ、でも、いいんですか？」

「あら、いいじゃないの、遠慮しないで。そんなご縁があったのなら、なおさらのこと」

と、横でやり取りを聞いていた武居伸子が口を挟んだ。

「ＬＩＮＥ交換しましょう。都合のいい時間にお教えしますよ」

口調は軽く、けれどもきちんと敬語を使って、武居仲子の甥っ子が言った。

「とりあえず、今日必要なものがあったら、ついでに買ってくるけど」

「では、お言葉に甘えて」

武居仲子の好意を受け入れて、牛乳や卵や豆腐やキウイなど、冷蔵庫に乏しくなっていた食材を急いでメモすると、千枝子は彼女に渡した。

何度も礼を言って二人を見送ったら、熱い感情が胸にこみあげた。

指で涙を拭《ぬぐ》いながら家に入った途端、台所のカウンターで携帯電話が鳴った。

「お母さん、お久しぶり。ずっと電話しなくてごめん。こっちも忙しくて。変わりなかった？」

薫からだった。やはり、あの夜の夫婦の会話を聞かれたと察したようで、遠慮がちな話し方だ。

「車は運転してる？」

「ううん、まだ」

「ほら、やっぱり。じゃあ、買い物に不自由しているでしょう？　あんな辺鄙《へんぴ》なところで車が使えないとなるとね。雨の日だったりすると困るでしょう？　お母さんみたいな人を買い物難民って呼ぶんだよ」

徐々に薫の語調が強くなり、「やっぱり、悟ったんじゃない？　一人じゃ生きていけない、一人じゃダメだって」と、決めつけるような言い方に発展した。

「心配しないで。大丈夫だから。親切なお仲間が何人かできたのよ。運転も教えてくれるし、ボランティアのお仕事も頼まれたの。一緒に筋トレ教室にも通うことにしたんだから。さっき買い物も頼んだところ」

千枝子は明るく言い返して、薫が返答に窮しているうちに電話を切った。

――そう、わたしはおひとりさま。地域の人たちの力を借りながら、強くたくましく生きていく。

滝本千枝子のサードライフが、いま始まった。

最上階

松村比呂美

MATSUMURA
HIROMI

福岡県出身。

二度に及ぶオール讀物推理小説新人賞の最終候補ほか、多数の公募新人賞で入賞。

2005年『女たちの殺意』でデビュー。

著書に『黒いシャッフル』『鈍色の家』『キリコはお金持ちになりたいの』『終わらせ人』『ふたつの名前』『幸せのかたち』などがある。

マンションの部屋を出ると、右隣に住む宍戸《ししど》さんが通路に置かれた大きなダンボール箱を睨みつけていた。

宍戸さんはフリーのライターで、ｗｅｂ専門で記事を書いている。岐阜《ぎふ》市のような地方都市に住んでいても、問題なく仕事ができるらしい。

「どうかされましたか？」

成美《なるみ》は距離を保ったまま声をかけた。

マンションの住人とは挨拶を交わす程度だが、宍戸さんと左隣の三萩野《みはぎの》さんとは、同じフロアということもあり、何度か立ち話をしたことがある。

「主人の実家から家庭菜園の野菜が送られてきたんです」

宍戸さんは、ほのぼのとした内容にそぐわない硬い口調で言った。

ダンボールを睨みつけたまま、両手を固く握りしめている。

「締切りが迫っているのに……」

宍戸さんは、肩で大きく息をしてから、泥付き野菜が夫の両親から頻繁に送られてくること、夫婦二人では食べきれないこと、ダンボールに虫がついているかもしれないから玄関の中に入れたくないこと、素人が作った野菜は美味しくないこと、捨てるのも大変だということを吐き出すように一気にしゃべった。

丹精込めて作った野菜を息子の家に送って、こんなに恨まれているとは両親は思っていないだろう。

気が付くと、宍戸さんの目に涙がたまっていた。

「捨てるのなら、私がいただきましょうか」

なだめるように言うと、宍戸さんがこちらを向いた。

「え？　瀧《たき》さんが？　ダンボールごと？　私、仕事が……」

宍戸さんが、すがるような眼差しで成美を見ている。

「ダンボールごと引き受けます。三萩野さんにおすそ分けするかもしれませんが、いいですか」

ワンフロアに三軒しかないこぢんまりした賃貸マンションで、宍戸さんは、三萩野さんともときどき話をしている。

「もちろんです！」

宍戸さんの表情がぱっと明るくなった。

「ここは大丈夫ですから、早くお仕事に戻ってください」

成美が促すと、宍戸さんは何度も頭を下げてから、部屋の中に入っていった。

大丈夫と言ったものの、大きなダンボールには野菜がつまっているようで、とてもひとりで持ち上げられるような重さではなかった。

ひきずるようにして自分の部屋の前まで移動させ、ガムテープをはがした。

最初に手に取ったのは、スーパーで売られているものよりひと回り大きいカボチャだった。皮の一部がオレンジ色になっている。これが美味しい証拠だと聞いたことがある。素人の家庭菜園とは思えない立派なものだ。ほかにも、サツマイモやジャガイモ、ニンジン、ナス、ピーマンなど、どれも規格外の大きさのものが入っていた。

手作りの野菜を見ると、中学一年から高校を卒業するまで育ててもらった、里親の文子《ふみこ》お母さんのことを思い出す。野菜も花も、愛情を持って丁寧に育てる人だった。

成美は、小学五年生まで父子家庭で育ったが、物心ついた頃から父親に虐待され続けていた。学校からの通報で養護施設に保護され、中学校に上がるとき、夫をなくしてひとり暮らしをしていた文子お母さんに里子として迎え入れられたのだ。

学校から帰ると、文子お母さんが菜園の手入れをするのを手伝っていた。植物や野菜の育てかたを教えてもらいながら、文子お母さんと過ごす時間が何よりの楽しみだった。

宍戸さんからもらった野菜は、キッチンから数枚ビニール袋を持ってきて、種類ごとに分けて運ぶことにした。

何度かキッチンと通路を往復していると、作業している音が聞こえたのか、左隣の三萩野さんがドアを開けて顔を出した。

この賃貸マンションは、最上階にオーナーが住んでいるせいか、規則が厳しく、共用部分に私物を置いてはいけないというルールもある。

「ごめんなさい。すぐに片づけますね」

成美が頭を下げると、三萩野さんは、「ぜんぜん、ぜんぜん」と右手を振りながら通路に出てきた。

美容師をしているというだけあって、無造作に手櫛で撥《は》ねさせたようなヘアスタイルが様になっている。

「立派なカボチャですね」

三萩野さんの視線が、ダンボールの中のカボチャに注がれている。

「宍戸さんにいただいたんです。ご主人のご両親が家庭菜園で作られたそうですよ。よかったらどうぞ」

成美は、宍戸さんに了解を得ていることを付け加えた。

「野菜、高いから助かります。子供たちは、カボチャの煮物も天ぷらも大好きなんですよ」

三萩野さんは、運ぶのだったら手伝いましょうかと、ダンボールのふちに手をかけた。

これまで三萩野さんを部屋に招き入れたことはなかったが、マンション近くの美容室に勤めていることまで教えてもらっているし、入居して以来、五年近くの付き合いになるのだから、問題はないだろう。

「じゃあ、中で分けましょうか。段ボールごとだと重いから、野菜別に運んでいます。この袋に入れてもらっていいですか」

三萩野さんは頷くと、ビニール袋にどんどんジャガイモを入れていき、成美のあとに続くようにして部屋の中に入ってきた。

「わあ、きれい。すっきり片づいていると広く感じるんですね。うちなんて子供たちの物が散乱していて、ひどい状態ですよ」

三萩野さんは、ジャガイモの入ったビニール袋を抱えるようにして、部屋を見回している。

マンションのオーナーである北見綾子《きたみあやこ》が住んでいる最上階の八階を除いては、二十一戸、すべて同じような間取りの2LDKで、65㎡しかなく、キッチンとリビングダイニング、狭い洋室がふたつあるだけだ。リビングダイニングに接しているほうの洋室の引き戸を取り払っているので、少し広く見えるのだろう。

成美は五十三歳になったが、一度も結婚したことがなく、ひとり暮らしを続けている。三萩野さんは小学生の男の子がふたりいるシングルマザーなのだから、子供たちの物も多く、部屋が散らかっているのも当然だと思う。

月曜日の今日は美容室が休みだが、そのかわりに、土、日は仕事で、子供たちの学校が休みの日に一緒に過ごせないのが悩みだと以前こぼしていた。

ふたりで全部の野菜を運び終え、ダンボールも通路でたたんで、ベランダに出した。資源ゴミは週に一度の回収だ。

「野菜のお礼に、カボチャのキッシュを作って宍戸さんのところに持っていこうと思っているんだけど、三萩野さんの分も作りましょうか」

「ありがとうございます！　でも、できたら作り方を教えていただけませんか。私、週に一度、美容室が休みの月曜日にまとめて料理して、冷凍しておくんです。仕事の日は、家に戻って料理している時間なんてありませんから。子供たちにはちゃんと栄養のあるものを食べさせたいし。でも最近は、いろいろなことに追われて手抜きばかりしています」

「じゃあ、簡単だから一緒に作りましょう。冷凍のパイシートもホウレンソウもあるから」

「嬉しいです。いつもは、一週間分まとめて作るから、料理というより、作業という感じなんですよね」

三萩野さんは自嘲気味に笑った。

キッチンの流しに、目の細かい不織布のネットをセットして、カボチャについた泥を落としていく。気を付けていても、泥が排水口に流れてしまいそうで心配になる。戸建てで庭に水道があり、そこで泥を落とせる環境だとまた違うのだろうが、確かにマンションでは気を遣う作業だ。

「今日はお仕事、お休みですか」

三萩野さんは、洗ったカボチャを受け取って、キッチンペーパーで水分をふき取ってから、まな板の上に載せた。

てきぱきとした動きで、話にもそつがない。美容師として、人と話すことに慣れているのだろう。

「実は今、失業中なの。郵便物を取りにいこうと思って部屋を出たら、宍戸さんがいらして、この野菜の話になってね」

成美は、長年勤めてきた地方銀行を里親の文子お母さんの介護のために四十五歳で退職した。三年間介護をして、里親を看取ったあとは、契約職員として岐阜の私立大学で経理事務をしていた。その契約も、正規職員として採用しなければならない「五年ルール」が適用される前に切れたばかりだ。

「ダンボールごともらったということは、宍戸さんは、野菜が送られてくるのがいやなのでしょうね」

「なんだかね、頻繁みたいだから」

「私だったら大喜びですけど、いやだという人がいるのもわかります。美容室に、カット野菜しか買ったことがないという人もいますし、花束だって、もらうのが苦手という人もいるんですから」

「花束も？」

「ここのオーナーの北見さんがそうなんですよ。この前、エレベーターで一緒になったとき、豪華な花束を抱えてらして、喜寿のお祝いだとおっしゃっていました。おめでとうございますと拍手をしたら、よかったらどうぞって、その花束を差し出されたんです」

「お祝いのお花が重なってしまったのでしょうね」

成美は、最上階の部屋が花で埋まっている様子を思い浮かべた。行ったことはないが、ワンフロアを全部使っているのだから、かなり広いと思う。七十代の北見綾子が、そこでひとりで住んでいるのだ。

「そうだと思います。花束をもらったら、水切りをして、合う花瓶を探して、そのあとも気を付けて世話をしないといけないから大変だとこぼしていました」

「それで、花束は受け取ったの?」

「高価なものでしょうから迷いましたけど、結局、もらっちゃいました。でも、うちには大きな花瓶なんかない。周りを見回して使えそうなのは、丸くて白い、プラスチックのゴミ箱でした。でも、意外と花が映えましたよ。それを玄関に置いていたら、月曜日で、学童保育にいかずにまっすぐ帰ってきた子供たちが、どうしたのかと大騒ぎで。男の子も、花があると特別な感じに思うものなんですね。そういえば、子供たちが物心ついてから、家に花を飾ったことなんてなかったかもしれないと気づいて、それからは、ときどき、花を一輪だけ買って飾ることにしています。いいことがあったときや、元気になりたいときとかに……。私のささやかな贅沢なんです」

三萩野さんは、「食べられないものは三百円でも贅沢なんです」と、贅沢という言葉を繰り返した。

「野菜も花もお酒も甘い物も、好きな人にとってはすごく嬉しいものでしょうけど、苦手な人にとっては、もらってがっかりすることもあるのよね」

今回の泥付き野菜のように、いらない人から必要な人に簡単にわたる方法があればいいのにと思う。

三萩野さんは、玄関の鍵をしめてきますと、一旦出ていき、エコバッグを抱えてきた。中の密封容器には、キノコ類と鶏肉などが入っていた。

「使えるものがあるといいんですけど。私もポトフなら作れます」

「ポトフもいいわね。持ってきてもらった手羽元と一緒に野菜をいろいろ煮込みましょうか」

成美は三萩野さんと並んでキッチンに立った。

「土日のどちらかだけでも休めると、お子さんたちと過ごせるのにね」

成美は冷凍庫からパイシートを取り出した。解凍が早く、すぐに使える便利なものだ。

「美容室にとって一番忙しいときだから無理なんです。それに、うちの美容室、お店をしめてからみんなでカットやセットの練習をするんですよ。みんなとても熱心なんです。私も練習は嫌いじゃありません。でも、子供たちが待っていると思うと少しでも早く帰りたくなってしまって、その時間もストレスになっているんですよね。自由参加だから帰ることはできるんですけど、みんなの技術が上がって、自分だけ置いていかれそうで、それも心配で」

「自由参加ということは、練習中の残業手当は出ないの？」

「はい。出ません。遅い時間まで子供たちを預かってくれる学童保育は、学校からはそんなに離れていないんですけど、マンションとは逆の方向にあるんです。せっかくマンションの近くの美容室に勤めているのに、カットの練習が終わったら、急いで子供たちを学校の向こう側まで迎えにいって、三人で歩いて帰って、夜八時過ぎから食事なんです。子供たちはお腹が空いているときに軽食を食べさせてもらっているので、帰ってからは、あまり食べてくれなくて……」

三萩野さんは小さなため息をついた。

「失礼なことを聞いてもいい？」

「はい。なんでしょう？」

きょとんとした顔で、三萩野さんが頷いた。

「離婚した元ご主人からの養育費はどうなっているの？」

「ああ、そのことですか。慰謝料も養育費も受け取っていません。離婚できたらそれだけでいいと思っていましたから。必死で、暴力を振るう夫から逃げてきたんです。あの人がドアの前に立っていることを想像すると怖くて、分不相応だとわかっているのに、オートロックで防犯カメラのついている、このマンションに入居したんです。でも、今の生活だと貯金がまったくできなくて、いずれ必要になる子供たちの塾の費用も捻出《ねんしゅつ》できません。そのうち、親ガチャは外れだったと、子供たちに言われるんでしょうね」

三萩野さんは諦めたような口調になっている。

「そんなことない。私は、三萩野さんのような明るい人がお母さんだったら大当たりだと思うもの。学童から三人で歩いて帰った日のことを、お子さんたちは、いい思い出として覚えていてくれるんじゃないかな」

成美は、調理の手を止めて三萩野さんを見た。

ポトフ用の野菜のカットを手伝ってくれている三萩野さんの目に、涙がたまっていた。

優しい笑顔で、いつも子供たちのことを考えている三萩野さんに、元夫は暴力を振るっていた。

暴力の恐ろしさは、成美もいやというほど知っている。

成美は学校から戻ると、目を逸らしたとか、きちんと挨拶をしなかったと責められて、何時間も風呂場に立たされた。足を一歩でも動かすと、反省していないと、ひどくぶたれる。

父親は、成美が動くのを見逃さないように、ずっと見張っていた。そうまでして、娘を殴る理由を探していたのだ。

そうして小学五年生の途中まで、成美は怯えながら暮らしてきた。

里親の文子お母さんと暮らすようになってから、ようやく人のことが信じられるようになったのだ。

その父親が自死したという知らせを受けたのは、大学に入ってからだった。

これで父親に殴られる夢を見ずに済むと思ったのに、今でも、ときどき父親に追いかけられる夢を見てしまう。

「シングルマザーは優遇されすぎって、ネットで叩かれることが多いですけど、がんばっても、がんばっても、将来のことが不安になるばかりで、まったく余裕がありません。子供たちと一緒にいられるだけで、暴力に怯えずに済むだけで、幸せだってわかっているんです。わかっていても、自分がすり減っている感じがどうしてもしてしまうんですよね。金銭的な余裕だけじゃなく、時間の余裕もないせいかもしれません。頼ることができる、助けてくれる親がいる人は違うと思います。でも、うちの両親は経済的に苦しくて、介護が必要な父の世話を母がつきっきりでしているので、とても無理なんです。本当は私も介護を手伝わないといけないんですけど、子供たちとの生活で精いっぱいで……」

三萩野さんは、自分のところと同じキッチンだから使いやすいと言って、手羽元やカットした野菜を鍋に入れていった。

「美容室の仲間に、うちと同じで、小学生の子供がふたりいる人がいるんですけど、子供たちは学校が終わったら実家に行って、お母さんが面倒を見てくれるそうです。夫婦で遊びにいったり食事にいったりするときも、お母さんに預けて、それで、『かわいい孫と一緒にいられるんだから、うちの親も嬉しいのよ』と涼しい顔をしているんですよ。自分がどれほど恵まれているのか、親にどんなに感謝しないといけないのか、全然わかっていないんですよね。うらやましいというより、甘えるな、と思ってしまいます」

空中に向かって軽くパンチを出してから、三萩野さんは寂しげに笑った。

「大変な思いをしているのに、簡単に、土日のどちらかでも休めたら、なんて言ってごめんなさい」

「ぜんぜんです。逆に話せてすっきりしました。お客さんとはおしゃべりしますが、私の愚痴を聞いてもらうわけにはいかないし、かといって美容室の仲間には、見栄もあって話しづらくて。瀧さんに大当たりだと言ってもらったので、元気が出ました」

　ポトフの準備ができたので、三萩野さんは、成美がキッシュの種を作るのを見ている。

　ひとり分だから、買ったほうが安くあがるものが多いが、成美は、できるだけ自分で作り、器も選んで食卓に並べるようにしている。

「キッシュは型に流してオーブンで焼くだけだから簡単なのよね。サツマイモは、まとめて焼きいもにしたらいいおやつになるし。一本ずつアルミホイルに包んでグリルで焼いて、冷めてからラップに包み直して冷凍しておくと甘みが増すから、それでスイートポテトを作ってもいいし。サツマイモもたくさん持って帰ってね」

「ありがとうございます。帰ってから早速焼きます」

「でも、このサツマイモは掘りたてだと思うから、二週間くらい寝かせたほうがいいかもしれない。掘りたては水分が多くて、ほとんどがでんぷんらしいの。でんぷんが糖分に変わって甘くなってから食べたほうがいいそうだから。スーパーに並んでいるのは、ある程度熟成されたものなんですって」

これも、文子お母さんに教えてもらったことだ。

素人が作った野菜は美味しくないと宍戸さんが思い込んでいる理由のひとつは、掘りたてのサツマイモをすぐに調理したせいかもしれない。

「わかりました。二週間ですね。瀧さんって何でも知っているんですね」

「私も教えてもらったのよ」

成美は、型にパイシートを敷き、具材がたっぷり入った卵液を流し込み、オーブンのタイマーをセットした。

三萩野さんが作ったポトフの野菜も、三十分もすればやわらかくなるだろう。煮込んでいる間に、三萩野さんは、野菜が入ったエコバッグを提げて一旦家に戻った。

ちょうどお昼になるので、一緒にランチを食べることにしている。

成美は、ひとり暮らしでも広いテーブルで食べたいと思い、木目が味わい深い横長のテーブルを置いている。クッション性があるベンチ椅子がセットになっているお気に入りのダイニングテーブルだ。センターテーブルクロスは一目ぼれして買った織りの美しいものだ。

ベランダのプランターで育てているガーベラが咲き始めているので、オレンジ色のガーベラを切ってガラスの一輪挿しにさした。

初めて三萩野さんと一緒にランチを食べるのだから、少しは華やいだ雰囲気にしたい。

二階なので見晴らしはよくないけれど、この部屋にあるものは、成美が気に入って買ったものばかりだから、居心地がよい。

成美は、結婚したいとも、しようとも思ったことがない。銀行に勤務していた頃に男性と付き合ったことはあるけれど、結婚の話が出たので、こわくなって自分から離れてしまった。

家庭を持つことも子供を持つことも、父親に虐待され続けていた成美には考えられなかった。

「いいニオイですね！」

三萩野さんが、チャイムを鳴らしてから部屋に入ってきた。

「カボチャのキッシュが焼けたから、今から宍戸さんに届けるわね。ランチにお誘いしてみるけど、締め切りで忙しいみたいだから無理だと思う」

成美は、焼き上げたキッシュをカットして、四分の一を使い捨ての容器に入れた。ポトフの火も止めて、隣の部屋のチャイムを鳴らした。三萩野さんもうしろからついてきている。

「いただいたカボチャでキッシュを作ったので、よかったら食べてください」

透明のプラスチック容器を差し出すと、宍戸さんは受け取ってから深いため息をついた。

「忙しいときにごめんなさい」

成美が慌てて帰ろうとすると、宍戸さんが「違うんです」と引きとめた。

「野菜は、私のところにこなかったら、こんなふうにちゃんと料理してもらえるんだなと思うと、なんだか申し訳ないような気持ちになって……。でも、野菜が入った段ボールが届くと、条件反射のようにイライラして、頭痛までしてくるようになったんです」

宍戸さんはキッシュに向かって、言い訳するようにつぶやいている。

「こんにちは」

成美の横から三萩野さんがひょこっと顔を出した。

「あら？　三萩野さん」

「野菜のおすそ分けをいただいて、瀧さんに料理まで教えてもらいました。ポトフも作ったんですよ。今から瀧さんのお部屋でランチなんです。一緒にいかがですか」

三萩野さんは、いつも会っている友人を誘うかのような軽い感じで言った。

「締め切りが迫っているんですものね。時間がないですよね」

時間は正午を回ったところだ。

「徹夜したらなんとかなりそうなところまできました。お昼はパンをかじって済ませようと思っていたけど、お邪魔します！」

宍戸さんは、リフレッシュしたいと笑顔になって、フランスパンとチーズをもってついてきた。見るからに美味しそうなフランスパンだ。

「すっきりして素敵なインテリアですね！」

宍戸さんも三萩野さんと同じような感想を口にして、ベンチ式の椅子に腰をおろした。

「瀧さんのお部屋があまりにきれいだから、私、自分の部屋に戻ってがっかりしました。片づけ、なんとかしないと」

慣れた様子でキッチンに入った三萩野さんは、ポトフを温めなおしている。

「無理しないで。世界で活躍している片づけコンサルタントの女性だって、完璧な片づけを諦めて、子供と一緒に楽しく過ごすことを優先しているんですもの。ひとりで子育てを頑張っている三萩野さんが、片づけまで頑張ることないですよ」

成美はキッシュをそれぞれの皿に盛った。

「私もそのニュースを見て、救われた気持ちになりました。子供はいないけど、うちは夫婦それぞれの資料がすごいことになっていて、片づけなんてとてもとても」

キッシュを一口食べて、「これ、プロの味ですよ！」とフォークを持ったまま、宍戸さんは言った。自分が持ってきたフランスパンとチーズには手をつけず、ポトフとキッシュを交互に食べている。

宍戸さんは、夫はフリーのカメラマンで、ふたりとも収入が安定していないだけでなく、カメラやレンズ、機材が高価で、おまけに場所を取るのだと嘆いた。

「宍戸さんも、締切りで忙しいときに、料理を作らないと、なんて思わなくていいですよ。野菜が届いたら、私たちが引き受けますから。ねえ、三萩野さん」

「はい。喜んで引き受けます。でも、ご主人は、野菜に関して何も言わないのですか？　ご主人が野菜料理を作ったらいいのに」

「捨ててもいいけど、そのことは両親には言わないでくれって。それが親孝行だという考えみたいです。写真の仕事であちこち飛び回っているから、野菜を処理する私の大変さがわかっていないんですよね」

「捨ててもいいと言ってそれでおしまいはないです。罪悪感を奥さんに押し付けているだけですもん」

　三萩野さんが頰をふくらませた。

「確かに、野菜を捨てるとき、すごく罪悪感を覚えて、それで自分にも腹が立って、過剰に反応するようになってしまった気がします。でも、今日、その野菜を美味しくいただくことができたから、頭痛まではしなくなるかもしれません。キッシュもポトフも本当に美味しくて元気が出ました。満腹になって眠くなりそうなのが心配ですけど」

　宍戸さんが眠そうに目を細めると、三萩野さんは、濃いコーヒーを飲んでくださいね、と心配そうに両手を合わせた。

「マンション内のコミュニティがあったらいいのにな。今、マンションSNSが流行っているそうですよ。あげます、とか、譲ってください、というコーナーがあったり、子守《こも》りとかペットの散歩をお願いしたりしていました。ここの一階に、七十代くらいの中川《なかがわ》さんというご夫妻がいらっしゃるんですけど、うちの子たちをかわいがってくださって、エレベーターホールで会うと、ちょっと待ってて、と部屋に戻ってお菓子を持ってきてくださったり、面白そうな本をプレゼントしてくださったりするんです。何度かお話ししているうちに、この方たちに、放課後、子供たちを預かってもらえたら、どんなにいいだろうと、厚かましいことを考えるようになりました。もしお願いできたら、時間的にすごく助かります。子供たちが寝てしまっても、雨でも、マンション内だったら問題ないですし。でも、学童に払う三万円とかのお礼では失礼でしょうし、中川さんから、夫婦で長年、食堂をやっていて、ずっと自営業だったから年金額が少ないと聞いたので、そんな事情につけこんでいるような気がして、ますますお願いしにくくなってしまったんです」

三萩野さんは、誰にも相談できずにずっと悩んでいたようだ。

「学童保育って、三万円もするのね」

シングルマザーの彼女にとって、三万円は大きな出費だろう。

「公営でもっと安いところは、時間的に無理で。遅い時間まで預かってくれるところは民間しかなかったんです。でも、息子たちをお願いしているところは良心的で安いほうなんですよ。ひとり二万円なのに、ふたりで三万円にしてもらっています」

「一階の中川さんは、優しそうなご夫妻ですよね。マンションコミュニティがあったら、お願いしやすいし、私は野菜をあげられるかもしれないから嬉しいけど、ここのオーナーは厳しそうなので、許可してもらえないかも。アプリを使用するような大掛かりなものじゃなくて、簡単なLINEグループみたいなものでいいんですけどね」

宍戸さんも、個人には頼みづらくても、みんなが見ている掲示板だったら書き込みしやすいと思っているようだ。

「うちは、お兄ちゃんが五年生になったら大丈夫かと思って、ふたりで留守番してもらうつもりですけど、まだ、一年生と三年生なので」

三萩野さんは、あと二年、持ちこたえられるか、と声を落とした。

「なんとか持ちこたえてね。もっとおしゃべりしたいけど、そろそろ帰らないと」

席を立った宍戸さんが、自分が使った食器をキッチンに運び始めた。

「食器は私が洗いますから。宍戸さんはお仕事、頑張ってくださいね。記事が出たら教えてください」

成美より先に三萩野さんが制して、両腕でガッツポーズを作った。

「ありがとう。三萩野さんも、今日は一週間分の料理を作るのよね。頑張ってね」

宍戸さんも、お返しのようにガッツポーズを作っている。

「私、子供たちは名字が変わるのがいやだろうと思って、離婚するときに旧姓に戻していないんです。元夫の顔が浮かぶから、本当は旧姓に戻したかったんですけど……。なので、名前で呼んでもらっていいですか。あんずです。果物の杏という字なんですよ」

「じゃあ、瀧さん、杏さん、ご馳走様でした。マンション内で、こんなに楽しい時間を過ごせるなんて思ってもみませんでした。しかも、締め切り直前の一番きついときに、こんなあたたかい気持ちになれるなんて。同じマンションって、すごいことなのかもしれませんね。マンションSNSの専用アプリまであるというのもわかる気がします」

宍戸さんは、笑顔で部屋を出ていった。

「マンションSNSのアプリは、私も見たことあります。でも、賃貸ではなくて、購入して、そこに一生住む、ずっと付き合っていきたい人たちだからうまくいっているみたいですね」

杏は、てきぱきと茶碗を洗い始めた。

「あとで片づけるから置いておいて」

声をかけても、杏の手が止まらなかったので、話をしながら、拭いた器を食器棚にしまうことにした。

「購入したマンションでトラブルがあったら、簡単に引っ越すことができないから、大変なことがあるかもしれない。みんながいい人で、うまくいくとは限らないものね。ここは、オーナーの考えで、賃貸でも、すごくルールが厳しいでしょう？　オーナーとの面接まであったから驚いたもの。窮屈なこともあるけど、だからこそ、安心して住める、ということもあって、気に入っているんだけど」

「ゴミ出しのルールも厳しいですよね。でも、ゴミ収集日前にすごく散らかっているよその賃貸マンションとかを見ると、このくらいルールが厳しいほうがいいのかな、なんて思います。通路とか、エレベーターとかホールとかの共有部分は清掃の人がまめにやってくれていますものね。ゴミひとつ落ちてないから、通路に私物を置く人もいないし。でも、厳しいばかりじゃないみたいです。このマンション、ペット可となっていないのに、ダックスフントを飼っている男の人がいますよね。エレベーターで一緒になったときに聞いてみたら、犬を連れてオーナー面接に出かけて、この子とどうしても一緒に住みたいと懇願したらしいです。オーナーは、規約にはペット可と書いてないけど、ペット不可とも書いてないからいいでしょうと、許可してくれたそうです」

「そうだったのね。ペットを飼っている人は、オーナーの親戚かなと思ってた。杏さんは、誰とでも親しく話せるのね」

「エレベーターホールがマンションの社交場なんです。そういえば、ダックス君のお父さんが、腰を痛めたときに散歩代行を頼んだら、遠くから来てもらって、交通費も払わないといけないから、料金が高かったと言ってました。私は仕事をしているのでお役に立てずに残念でした」

「子守りも、犬の散歩も、趣味が合う人たちが集まって手芸とか読書会とかをするのも、同じマンションだったらすごく便利よね。移動の時間がかからないし」

「このマンションの人たちは厳しいルールも守っているから、つながっても大丈夫、という気がします」

杏は、今日が楽しかったから、もっとみんなと親しくなりたいと思ったようだ。

「今度、オーナーの北見さんにマンションコミュニティのことを相談にいってみようかな」

「お願いします。実現したら助かります。でも、そのためには賛同者を集めないと、ですね。ダックス君のお父さんとか、一階の中川さんご夫妻とか」

「それは杏さんにお願いしてもいい？」

「もちろんです。なんだかワクワクしてきました。毎日、いろいろなことに追われて、余裕がなかったけど、今日はとっても楽しくて元気がでました。ありがとうございました」

杏は、ポトフの入った密封容器を持って、晴れ晴れとした表情で帰っていった。

両隣がいい人たちでよかったと思う。両隣だけではない。挨拶しかしたことがないが、このマンションに住んでいる人たちは、みんな感じがいい。

片づけを終えて、改めて郵便受けを覗きにいくために、ドアを開けると、エレベーター付近で、青いユニホームを着た女性が通路の掃除をしていた。いつも同じ女性だ。

さっき野菜が入ったダンボールをたたんだときに、中から泥が落ちたことを思い出した。あとで掃いておこうと思っていたのに忘れていた。

「いつもありがとうございます。玄関前に泥を落としたのに、そのままにしていてすみませんでした」

声をかけると、女性は腰を伸ばしてこちらを向き、「大丈夫ですよ。私の仕事ですから」と微笑んだ。

見かけて挨拶することはあっても、こうして面と向かって声を聞いたのは初めてだった。

マスクをして、三角巾《さんかくきん》をしているので、目のあたりしか見えないが、どこか別の場所でも会ったことがある気がした。

——瀧さんは、里親さんに育てられたのね。その里親さんを介護するために銀行を退職したの？

低い声が思い出された。

——総合職で副支店長までいっていたのに、もったいなかったわね。

不動産屋でおこなわれた面接のときに、このマンションのオーナーに言われた言葉だ。

成美は何と答えただろうか。

副支店長といっても、一般の会社の係長と同程度だということ、里親に頼まれたわけではなく、自分がそのときに一番したいことを選んだだけだということを説明した覚えがうっすらとある。

「オーナーの北見さんですよね。共用部分の掃除は北見さんがされていたのですか」

「あら、私だとよくわかったわね。清掃用の作業服を着てマスクをしていたら、今まで誰も気づかなかったんだけど。掃除は好きだから苦にならないのよね。いい運動になるし」

「いつもきれいにしていただいて、とても住み心地がいいです。実は、ご相談したいことがあって、近々お邪魔したいと思っていました」

「うちに用があるなんて珍しいわね。掃除はおしまいにするから、部屋にいらして」

北見さんは、掃除道具を持って、エレベーターに乗った。

成美は、エレベーターが最上階までいったのを確認してから、下に降りるボタンを押した。

郵便物を取り出して部屋に戻り、少し時間をおいてから、好きで集めている産地別の紅茶を持って出た。

初めて降りた最上階は、通路は広いものの、玄関はマンションのほかの部屋とそんなに変わりがないように見えた。

チャイムを鳴らすと、ドアが開いて、鮮やかなオレンジ色のセーターを着た北見さんが出迎えてくれた。細身の白いパンツが似合っている。

さっき会ったときと雰囲気があまりに違うので驚いたが、それ以上に驚いたのは、玄関に飾られている花の数だった。花は苦手ではなかったのか。

リビングに通されて、今度はその広さに驚いた。

ただ、想像していたような、大きなテーブルとソファ、豪華な照明、というのとは違い、広いスペースに、さまざまなデザインの椅子が離れて置いてある。しかも、椅子の向きがバラバラだ。

それぞれの椅子の周辺が独特な空間となっている。照明とサイドテーブルが印象的なコーナーや、本を読むための空間を思わせる、座り心地の良さそうな椅子もあった。

「ひとり暮らしだし、来客なんてないから自由に使っているのよ。こっちがお茶を楽しむテーブルだから、ここに座ってちょうだい」

成美のリビングのテーブルよりも小さな丸いテーブルだけ、椅子が二脚セットされている。

「ありがとうございます。これはいろいろな産地の紅茶です。お好きな産地があるといいのですが」

小さな紙袋を差し出すと、北見さんは、「紅茶は大好き。特にケニア産の紅茶との相性がいいみたい」と、笑顔で受け取ってくれた。

持参した中に、ケニアの産地のものもあったのでほっとする。

すすめられた席からは、ベランダで咲いている花々がよく見えた。日ごろから、丁寧に育てているとしか思えない。切り花が苦手というのは本当だろうか。

「それで、ご用件はなにかしら」

北見さんは、ティーポットとティーカップをテーブルに置いて、成美に向き合うように腰を下ろした。

「実は今日、両隣の宍戸さんと三萩野さんと一緒にお昼を食べたのですが、マンションコミュニティがあったらいいなという話になったのです。それで、マンション内で、そういうコミュニティを作ってもいいかどうか、ご意見を聞かせていただきたくてお邪魔しました」

成美は今日の出来事をかいつまんで話した。

「また、面倒なことを……」

北見さんは、あからさまにいやそうな顔をした。

「人との付き合いは、シンプルなほうがいいと思うのよね。深く付き合えば、それだけいろいろと問題が出てくるものよ」

北見さんは紅茶をカップに注いで、成美の前に出した。

赤味の強いオレンジ色で、ケニアの紅茶の甘い香りがした。

「それはわかります。私もひとりでいる時間が好きですし、大切だと思っています。でも、災害など、万が一のことがあったときにすぐに助け合えるのも、ご近所さんですよね。同じマンションだったらなおさらです。それに、どんな天候でも、キャンセルすることなく、傘もいらずに集まれたり、楽しめたりできる環境というのは特別なものがあると気づきました。もちろん、付き合いが面倒だという人には無理強《じ》いはしませんし、負担にならないようなシステムを作れたらいいなと思っています。三萩野さんのようなシングルマザーは、助かることが多いのではないでしょうか。人の目があったら、防犯にもなりますし」

成美は、杏から家庭の事情を聞いたことを話した。

北見さんには入居時に何もかも話していると杏は言っていた。その上で入居を許可されたのだ。

「三萩野さんは、面接したときに、元旦那さんから逃げてきたと怯《おび》えていて、顔色も悪くてね」

北見さんは、杏が事件に巻き込まれる可能性も考えた上で入居を許可したわけだ。成美のときもそうだった。契約職員として就職したばかりのひとり暮らしで、生活が安定していないのではないかと思われても仕方のない状況だった。

面接のときに、北見さんに聞かれるままに、子供の頃は、実の父親に虐待され続けた環境だったこと、小学五年生のときに児童養護施設に保護され、そこで一年半過ごしてから、里親の下で、中学一年から高校三年生まで暮らしたことを話した。

里親である文子お母さんから、家族としての愛情や、日常生活のさまざまなことを教えてもらった。父親からは、「頭がいい女など生意気なだけだ」と罵《ののし》られていたけれど、文子お母さんは、数学がこんなに得意なのだから、好きな道に進むべきだと、ずっと励ましてくれた。

特例がいろいろ設けられている現在と違って、当時は、満十八歳になると、里親に対する国からの支援がなくなっていたので、十八歳が独立の年でもあった。

それなのに文子お母さんは、成美が大学を卒業するまで面倒を見たいと言ってくれたのだ。国からの支援がなくなり、すべてが里親の負担になるというのに……。

さすがにそれは断った。成績によって入学金、授業料免除の特待生制度がある大学を受験して合格。その制度を利用して、塾講師のアルバイトをしながら、なんとか大学を卒業することができたのだ。

食事付きで三万円という大学の寮で暮らしたけれど、その間も、文子お母さんは細やかなサポートを続けてくれた。

そんなことまで面接時に話したことを思い出した。

北見さんは、熱心に耳を傾けていた。

成美が銀行に就職できたのも、文子お母さんが保証人になってくれたからだ。

今でこそ、保証人のあり方を見直して、就職時の身元保証人を不要とする銀行も増えてきたようだが、成美が入行した当時は、銀行員の保証人になど、家族以外は誰もなりたがらない時代だった。それを何のためらいもなく署名して判を捺《お》してくれたのだ。文子お母さんのひとり息子である孝《たかし》さんは、成美が里子としてお世話になり始めたときには、すでに就職して独立していたけれど、会うと本当のお兄さんのように接してくれたし、文子お母さんが保証人になることにも賛成してくれた。孝さんの結婚式には、成美も親族の席でお祝いさせてもらうことができた。

文子お母さんの体が不自由になり、介護が必要になったとき、孝さんは家族と一緒にアメリカに住んでいた。誰にも迷惑をかけたくない、施設に入ると言い張った文子お母さんを説得して、成美は岐阜にある文子お母さんの家で介護させてもらった。

体が不自由になった文子お母さんにとっては、施設のプロの介護のほうが快適だったかもしれないが、成美は、入浴サービスなどを利用しながら、三年間、文子お母さんと密な時間を過ごすことができたのだ。

ふたりで笑いながらたくさんおしゃべりもしたし、車椅子での散歩の時間も楽しみだった。

「瀧さんの事情もよく覚えているわ。里親さんの介護をして看取ったあなたもだけど、六年もの間、あなたの面倒を一人で見てきた里親さんもすごい人よね」

「心から尊敬できる方でした」

文子お母さんの亡くなったご主人が、児童福祉の仕事をしており、ずっと里子を受け入れてきたという。

成美の「試し行為」は少なかったほうだと、介護をしているときに文子お母さんが教えてくれた。

愛情を確かめる試し行為がひどい子は、大切にしている物をわざと壊したり、リストカットしているところを見せたり、そのカッターナイフを文子お母さんに向けたりしたという。

どうせ見捨てられるのだったら、早く見捨ててくれという試し行為は、どの里子にも少なからずあるようだが、カッターナイフを向けられたのはそのときが初めてだと文子お母さんは言っていた。

そのとき、どうしたのかと聞くと、「刺してもいいよ」と答えたそうだ。

その子が十八歳になって家を出るとき、文子お母さんの揺るぎない根性はすごかった、誰も信用できなくても、文子お母さんだけは信用できると、小さな子供のように抱きついてきたという。

彼女も、文子お母さんの体が不自由になったとき、世話をしたいと申し出たひとりだが、大家族の主婦として奮闘しているときだったので、現実問題として、無理だった。

成美は、恩返しをしたかったわけではない。ただ、文子お母さんと一緒にいたかった。

文子お母さんに育ててもらえなかったら、成美は、他人に心を開かない人間になっていたと思う。文子お母さんは、信じていい人もいるのだと、時間をかけてゆっくりと教えてくれたし、優しさに反発したときも、本当の娘だと思っているからと、抱きしめてくれた。

孝さんは、文子お母さんを介護したことを感謝してくれ、ずっと家にいてほしいと言ってくれたけれど、文子お母さんがいない家に居座れるはずなどなかった。

そんなときに見つけたのが、このマンションだったのだ。

「里親さんが亡くなってからも金融関係には戻らなかったのよね。今は、大学で事務の仕事をしているのだったかしら」

北見さんは、細かいことまでよく覚えていた。

「実は、先月、退職しました」

「雇い止めにあったの？」

「いえ。最初から五年弱の契約でしたので」

「半年くらいは失業保険をもらえるでしょうから、その間に、いい働き先が見つかるわよ」

北見さんはなぐさめるような口調で言った。

もしかしたら、家賃のことを心配しているのかもしれない。

「仕事するのはもういいかなと思っています。でも、家賃は払えますので大丈夫です」

「人生百年時代なのよ。あなた、今、五十代よね。これからひとりで生きていくのにどのくらいかかると思う？　家賃だけでも毎月八万円、一年で九十六万円。三十年生きるとして二千八百八十万。四十年生きたら三千八百四十万よ。家賃だけでね」

「計算が速いですね」

「数字が好きで、計算だけは速いのよ」

「私も同じです」

成美も数字が好きで、子供の頃、父親に虐待されていたときは、頭の中で計算をしたり数式を組み立てたりすることで、激しい暴力に耐えていた。

大人になっていろいろ調べて、父親はＤＶ依存症だったのだろうと思うようになった。成美の母親は、成美を捨てて家を出たと父親から聞いていたが、母親も、夫のひどい暴力に怯えていたに違いない。それでも自分を連れていってくれなかった母親と会いたいと思ったことはない。父親が自死したあとも、成美に会いにくることも、連絡してくることもなかった人だ。このマンションに入る少し前に、司法書士から母親が亡くなったという知らせを受けたが、すべての相続を放棄しますと言って、委任状を渡しただけだった。

「だったら、年金をもらうようになるまで、どうやって生計を立てるの。実のご両親は亡くなっているのよね。関わりあいたくないから、相続放棄をしたと言ってらしたものね。里親さんにはお子さんがいるから、財産分与はなかったのでしょう？」

成美が訪問するので、入居時の資料をチェックしたのかもしれないが、北見さんの記憶力には驚かされてばかりだ。

「おっしゃる通りです。私は、里親を介護している間にお金を貯めました」

「へえ、介護している間にねえ……」

北見さんは、疑わしそうな目で成美を見た。

「北見さんは、どうやってこのマンションを所有することができたのですか」

忌憚《きたん》のない応酬が続いている今しか聞けないことを、思い切って口にした。

成美と同じく、シングルで通している北見さんが、女性ひとりでどうやってマンションのオーナーになったのかずっと気になっていたのだ。

「私は不動産投資よ。生涯ひとりで生きていくことは早くから決めていたから、コツコツ貯めたお金を元手にしてローンを組んでアパートの経営を始めたの。家賃収入が安定したら、もう一棟建てて、というのを繰り返して、メゾネット方式のアパートを四棟所有できてね。その四つのアパートを売却して、このマンションを建てたのよ。ここを終の棲家にするつもりでね。最上階に住んで、家賃をもらいながら、皆さんの屋根になろうと思ったわけ。最上階って、暑くて寒いものね。一階下からは快適なはずよ。私は、広い空間に好きなスペースをたくさん作りたかったから、椅子ばかりが並んでいることになったけど、落ちつくのよ」

「椅子が全部違っていて楽しいです」

そう言ったが、成美がこの部屋に住むとしたら、ゆったり座ることができる大きなソファを置くだろう。

だが、椅子の多いこの部屋も、時間が経つにつれて居心地がよくなってきている。

「運動は、毎日、マンション内を掃除することでやれているし、家賃収入で生活に困ることはない。ほぼ理想の生活よ。料理も好きだけど、外食もよくするしね。馴染みのレストランも多いし、美容室もある。チップをはずむから、いつも歓迎してもらえるのよ」

間違いない店として北見さんが挙げたのは、高級そうな名前ばかりで、どれも行ったことがなかった。

「三萩野さんに聞きましたが、喜寿のお祝いの花束を三萩野さんにプレゼントされたそうですね」

杏の子供たちも花を見て喜んでいたそうだと伝えた。

「ああ、あの日は、いきつけのレストランのシェフが、特別な料理を作ってくれたのよ。気分が良くて、帰りに、自分へのお祝いに花束まで買ってね。そしたら、エレベーターで一緒になった三萩野さんが、おめでとうございますと拍手してくれたから、それでもう満足して、お花はプレゼントしたの」

「じゃあ、生花がきらいなわけじゃないのですね」

「そういえば、三萩野さんが遠慮していたから、もらってほしくて生花は手入れが面倒だと言ったかもしれないわね。花は大好きよ。子供の面倒を見るのは無理だけど、言ってくれたら、犬の散歩くらいはしたのにね。できることをできる人がやれるシステムがあれば助かる人はいると思うけど、そんなにうまくいかないわよ。面倒な問題が起きるのは目に見えてるもの。タダでもらった物なのに、すぐに壊れたといってクレームをつけた人も知っているわよ。家の駐車場に空きスペースがあるから、駐車場が見つからないと困っていたご近所さんに何度か止めさせてあげていたら、来客でそこがふさがっているときに、チャイムを鳴らされて、自分の車が止められないからどかしてくれと言われた人もいるのよ」

「それは特殊な例ではないでしょうか」

「そんなことないわよ。こんな話は、身近にごろごろしているもの。私は、レストランでも美容室でも上客だと思われているから、いろいろ良くしてもらえるし、レストランのシェフも、別の店にいくときに、勉強になるからと付き合ってもくれる。いつも指名する美容師さんもそうよ。私のわがままをなんでも聞いてくれるしね。でも、金銭的に利益のある関係だから、面倒だと思うことも我慢して付き合ってくれているわけ」

　割り切った関係が一番すっきりすると、北見さんは言った。

「シェフは、北見さんと食事をするのが楽しくて一緒にいっているのだと思います。

美容師さんも北見さんが好きなのだと思いますよ。それに、このマンションの入居者は、北見さんが面接して、この人だったら大丈夫だと確信した人ばかりなのですよね。わけのわからないクレームをつける人なんていないと思います」

「そうかしら」

北見さんは首をひねったが、表情は穏やかだ。

「ところであなたは、里親さんの介護をしながら、どうやってお金を貯めたのかしら。早期リタイアしても大丈夫なくらいの額なのよね」

自分は話したのだから、次はあなたの番よ、という感じで、北見さんはぐっと顔を近づけてきた。

「私は……。確率論や統計論が好きなんです。昔の話ですが、私と同世代の、数学の学位を持っているケンブリッジ大学の学生たちがチームを結成して、カジノのブラックジャックで大金を手にしたという出来事がありました。統計で数値化した結果、勝つ確率の高いゲームに賭けただけで違法ではありません。ルーレットなどの運と違って、ブラックジャックは捨てられるカードを覚えていれば、どのゲームに賭ければ勝つ確率が高いのかわかりますから」

北見さんが数字に強いことがわかったので、成美はその仕組みを詳しく説明した。

「じゃあ、瀧さんはカジノで？」

「まさか。カジノの経験はありません。それに、カジノ側は、来てほしくない客を断ることができます。ブラックジャックチームは、身元がばれて、カジノに出入り禁止になったそうです。ただ、確率論は、投資でも活用できるので、メンバーの一部は、一流の投資家になっているようですけれど」

「面白いわね」

「統計学を駆使して導き出した投資方法は、長期的に見れば、安定しています。私は臆病なので、確実な投資を地道に続けただけです。銀行員はインサイダー取引になる可能性があるので、信用取引は禁止されていますが、投資できるものもありますから、入行以来、給料の大半をずっとそういう投資で貯めてきて、銀行を辞めてから、そのお金を元に、少しだけ大きな額の投資もするようになりました」

　文子お母さんは、子供の頃から数字ばかり追っていた成美に、「数字を見ている成美ちゃんは楽しそうでいいわね」と言ってくれたのだ。

「じゃあ、そのお金は、利益を確定させるためにも、不動産に回したほうがよくない？　私ね、ここでの生活は快適で、理想の暮らしにいきついたと思っているんだけど、今年に入って、一度だけ不安になったことがあるのよ。二週間だけど、入院しなくてはならなくなってね。細かい事情は省くけど、この生活を死ぬまで続けるわけにはいかないのかなと思っているの。体力的なことだけどね。マンションコミュニティをどうしてもやりたいのなら、このマンション、あなたに売るわよ。二十一戸だけど、全室埋まっているし、空きができたら入居したいという待機人数も多いから悪くないでしょう?」

冗談っぽく言って、北見さんはふふっと笑った。

「二十一戸ということは、八万円の家賃ですから、月の家賃収入は百六十八万円。年間家賃収入は二千十六万円ですね」

「家賃収入から経費を差し引いても、不動産投資の利回りは八%よ。年間家賃収入を購入金額で割って、百を掛けた数字だからね」

「ということは、経費がどのくらいかかるかわかりませんが、マンション一棟丸ごとで、二億近くということでしょうか」

「まあそんなところね。ここを売ったら介護付きの高級老人ホームに入ることができるから、それもいいかもしれないとちょっと思っただけ。私がいってもいいなと思ったところは、一時金が五千万円で、毎月の支払いも五十万円かかるのよ」

北見さんは、右手をひらひらと揺らした。

「考えさせてください」

成美の言葉に、北見さんは目を見開いた。

「本気なの？」

その目を見ながら頷く。

「あら、楽しい」

北見さんが声を出して上機嫌に笑った。

「世の中、ちまちました話ばかりでうんざりしていたのよ。最上階はね、長良川《ながらがわ》の花火が見えるの。その花火を見るためのコーナーもあるのよ。ベランダに近い椅子がそう。サイドテーブルにワインを置いて、あの椅子に座って眺める花火は最高なの」

「私の部屋からは、向かいの五階建てのマンションで隠れて花火は見えません。このマンションを買ったら、住人の皆さんと花火鑑賞会ができますね」

「本気で面倒なことをするつもりなのね。せっかくひとりで気楽なのに。私は、人と関わりあうのはもうたくさんよ」

「でも、北見さんは、入居希望者が殺到しているというのに、よそで断られそうな人をたくさん入居させていますよね。あえてそうしているのではないですか。私のときも、契約職員で収入が不安定だと思ったでしょうに、受け入れてくれました。夫婦揃ってフリーの宍戸さんも、シングルマザーで生活が苦しいと言っている三萩野さんも、年金生活の中川さんご夫妻も、犬を飼っているひとり暮らしの男性のこともみんな断って、もっと収入が堅実な、問題のない人を入居させることはできたはずです。一旦貸してしまったら、簡単には退去させられないのですから」

「若い頃に、住むところで苦労したことがあるからね」

ティーカップを傾けながらも、北見さんの視線は遠くにそそがれている。苦労した昔のことを思い出しているのだろうか。

「北見さんが今度入院しないといけなくなったら、私がお世話できますよ。高級老人ホームに入るのは、五年先でもいいんじゃないですか。一時金が五千万円で、毎月の支払いが五十万円もかかるのなら、二億あっても安心できないですから、少しでも先延ばしにしたほうがいいと思います」

「まあ、八十二歳になったら、あなたにこのマンションを売れということね。ほんと、あなたって面白いわね」

北見さんが愉快そうに笑って、紅茶のお替わりを淹れてくるわねと立ち上がった。

成美は八年経って、文子お母さんが成美を迎え入れてくれた年齢になったら、自分も里子を迎えようと決めている。

それまでは、大学に入って、児童福祉と虐待についての勉強をするつもりだ。大学で事務員として働きながら、ここで学生として学び直したいと強く思うようになった。ずっと数字ばかり追ってきたけれど、臨床心理学で、割り切れない人の気持ちも学んでみたい。

広いリビングを見渡しながら、六十代になった自分が、ソファに座って、里子に迎えた中学生と一緒に、長良川の花火を眺めている姿を思い浮かべた。

そこには、宍戸さんと杏の姿もあった。

・本書の作品はすべてフィクションです。
実在の人物、団体などには一切関係ありません。
・双葉文庫のために書き下ろされました。

双葉文庫

に-03-08

おひとりさま日和《びより》

2023年9月16日　第1刷発行
2023年10月2日　第2刷発行

【著者】
大崎《おおさき》梢《こずえ》　岸本《きしもと》葉子《ようこ》　坂井《さかい》希久子《きくこ》
咲沢《さきさわ》くれは　新津《にいつ》きよみ　松村《まつむら》比呂美《ひろみ》

【発行者】
箕浦克史
【発行所】
株式会社双葉社
〒162-8540 東京都新宿区東五軒町3番28号
［電話］03-5261-4818(営業部)　03-5261-4833(編集部)
www.futabasha.co.jp(双葉社の書籍・コミックが買えます)
【印刷所】
中央精版印刷株式会社
【製本所】
中央精版印刷株式会社
【フォーマット・デザイン】
日下潤一

ISBN978-4-575-52689-9 C0193
Printed in Japan